BOUHLAND

BOUHLAND

PREMIÈRE ÉDITION

Bouhland a d'abord été publié sur webtoonfactory.com et l'application Webtoon Factory. Le sens de lecture est ainsi prévu de haut en bas.

SCÉNARIO, DESSIN, COULEURS
Romain Perraud

ÉDITEUR
Éloi Morterol

MISE EN PAGE ET LETTRAGE
Hugo Ferrante

MAQUETTE ET LOGO
Pierre-Yann Lallaizon avec Thibaud Sicard
Studio Recto Verso

RELECTURE
Jean-Baptiste Chouvenc

Dépôt légal :
mai 2024 – D. 2024/0089/222
ISBN 978-2-8085-0633-5

Éditions Dupuis s.a, rue Destrée 52,
6001 Marcinelle, Belgique.

ROURS

BOUHLAND

DUPUIS

MOI, C'EST ORAGE !
J'AI HUIT ANS !
ET C'EST LES
VACANCES !
JE VIENS D'UNE
FAMILLE DE
SORCIERS !
MAIS JE N'AI
PAS DE POUVOIRS...
JE PRÉFÈRE
LES JEUX VIDÉO !
ET C'EST
TANT MIEUX !

ORAGE
8 ANS
CHERCHE DES PETITS BOULOTS PENDANT LES VACANCES.
BONJOUR, MONSIEUR LAWISS !
JE T'ATTENDAIS, ORAGE ! TU PEUX T'OCCUPER DE REPEINDRE MA BARRIÈRE.
ÇA TE VA ?
MERCI, M'SIEUR !
MA BARRIÈRE !!
VOUS N'AURIEZ PAS UN AUTRE POT ?
MON TROTTOIR !!!
C'ÉTAIT PLUS RAPIDE COMME ÇA, NAN ?

SI TU RATISSES MON JARDIN AVANT MON COURS DE DANSE, JE TE DONNE UN PETIT BILLET !
ÇA MARCHE, CHEFFE !
ORAAAAAAAGE !!!
?!
OUPS...
AH ! TU PEUX RÉPARER MES CANALISATIONS !
MERCI POUR LE COUP DE MAIN !
BROOOOOOOSH !
MES W-C !
ORAAAAGE !!

IL DEVAIT RÉPARER LA BALANÇOIRE !!
OUIN OUIIIN !!
MES POUBELLES !
IIIIIIIIIIIIIIIIIIIIIHHHH !!
ORAAAGE !!
MAIS ?!
QU'EST-CE QUI S'EST PASSÉ ICI ?!

AVEC MES GENOUX, JE NE PEUX PLUS DESCENDRE LES ESCALIERS...
MERCI POUR TON AIDE, ORAGE !
NO PROBLEMO, MADAME TSARUKYAN !
JE VAIS NOUS PRÉPARER DU THÉ, À TOUT DE SUITE !
VOUS AVEZ PAS UN COCA PLUTÔT ?
QU'EST-CE QUI SE...
... PASSE ?!

C'EST ENFIN LES VACANCES, PFFF...
COMMENT VA ORAGE ?
IL TRAVAILLE DANS LE QUARTIER POUR SE FAIRE DE L'ARGENT DE POCHE.
AH, C'EST BIEN !
MOUAIS...
IL EST VRAIMENT DIFFICILE À VIVRE...
TÊTU, GAUCHE, IL RAMÈNE DES PROBLÈMES TOUS LES JOURS !
COMME TOI À L'ÉPOQUE, JULIE !
COMMENT ÇA ?!
RAPPELLE-TOI !
TU ÉTAIS CARRÉMENT UNE REBELLE !
ROH... ABUSE PAS, STARCK !
ON SE BATTAIT TOUJOURS TOUTES LES DEUX !
HMMM...
TES MOINDRES COLÈRES ÉLECTRISAIENT TOUTE L'ÉCOLE !
PEUT-ÊTRE UN PEU...

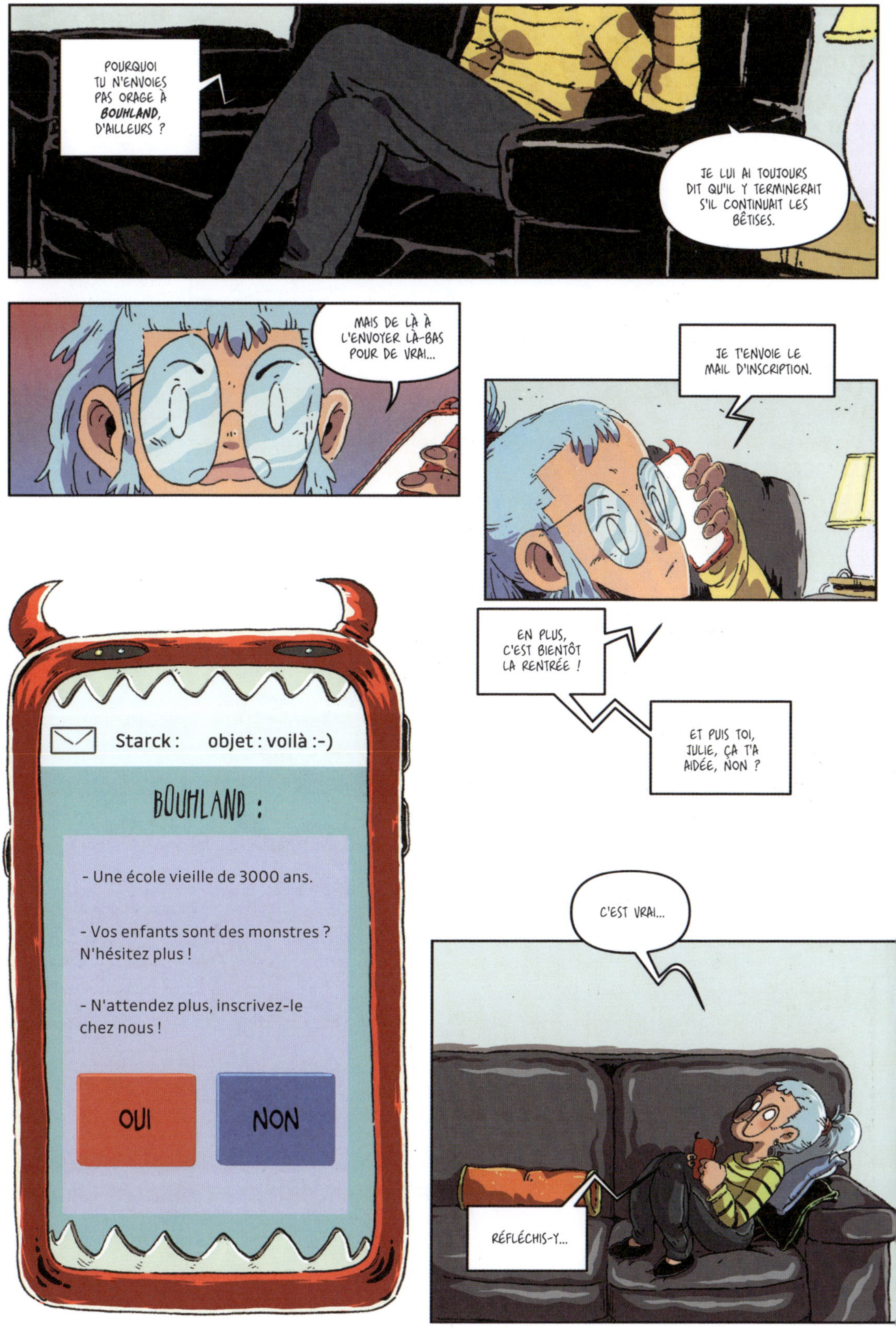
POURQUOI TU N'ENVOIES PAS ORAGE À **BOUHLAND**, D'AILLEURS ?
JE LUI AI TOUJOURS DIT QU'IL Y TERMINERAIT S'IL CONTINUAIT LES BÊTISES.
MAIS DE LÀ À L'ENVOYER LÀ-BAS POUR DE VRAI...
JE T'ENVOIE LE MAIL D'INSCRIPTION.
Starck : objet : voilà :-)
BOUHLAND :
- Une école vieille de 3000 ans.
- Vos enfants sont des monstres ? N'hésitez plus !
- N'attendez plus, inscrivez-le chez nous !
OUI
NON
EN PLUS, C'EST BIENTÔT LA RENTRÉE !
ET PUIS TOI, JULIE, ÇA T'A AIDÉE, NON ?
C'EST VRAI...
RÉFLÉCHIS-Y...

TU DONNES TOUJOURS DES COURS À BOUHLAND, STARCK ?
OUI, TOUJOURS.
CE N'EST PAS GRAVE S'IL N'A PAS ENCORE DÉVELOPPÉ SES POUVOIRS ?
C'EST UNE ÉCOLE MAGIQUE, LES ÉLÈVES SONT LÀ POUR APPRENDRE...
OUI, C'EST VRAI, MAIS ÇA RESTE DANGEREUX.
IL FAUT QUE J'Y RÉFLÉCHISSE...
VAISSELLUX !
TOC ! TOC !
?!
JE TE RAPPELLE PLUS TARD, STARCK !
TRÈS BIEN ! À PLUS !

MA MAISON !!
VENGEANCE !!
QUI VA ME REMBOURSER ?!
ORAGE EST UNE PLAIE !!
Y EN A MARRE !
C'EST UN PETIT MONSTRE !
MA VOITURE !

ORAGE...
MA...
... MAN ?

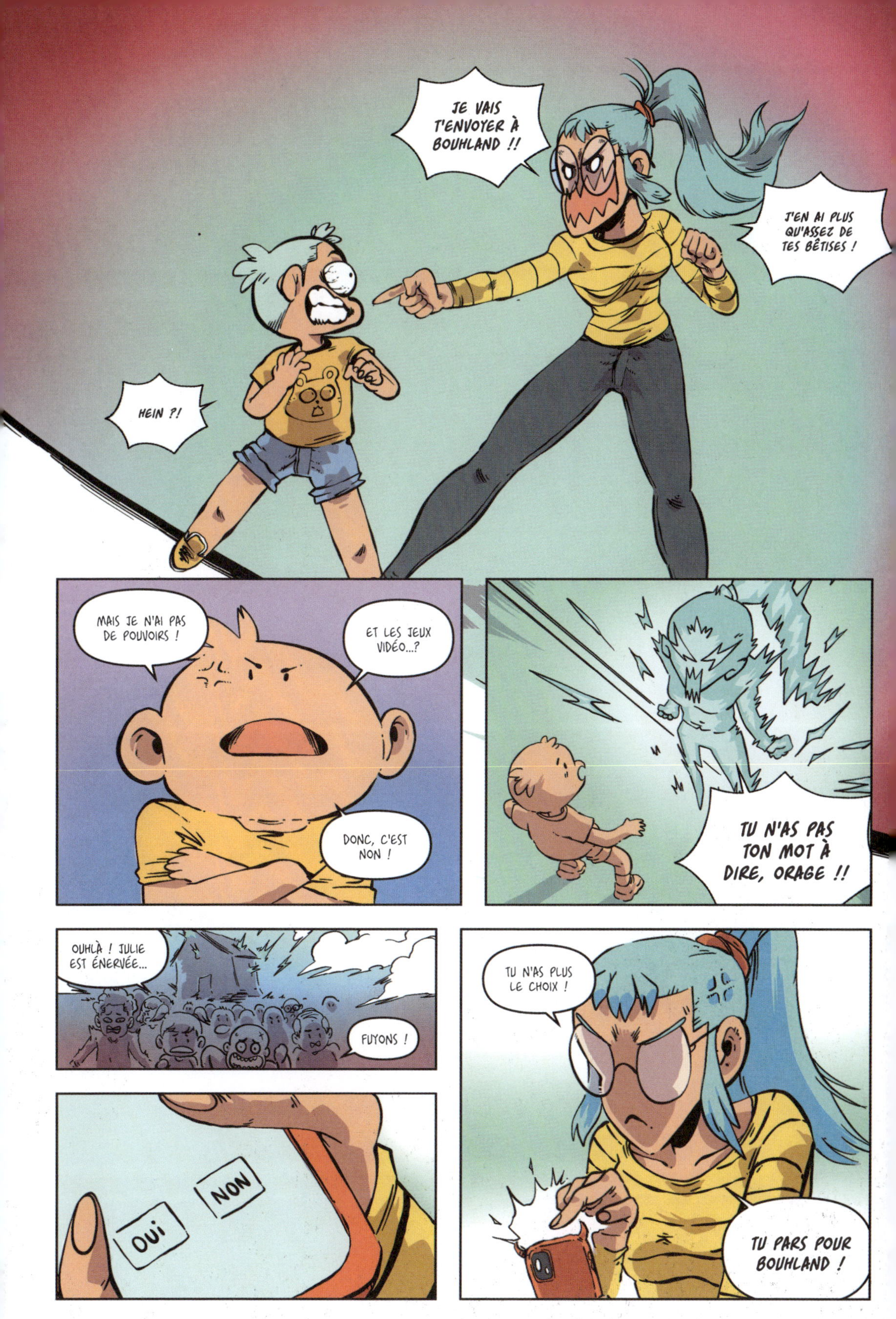
JE VAIS T'ENVOYER À BOUHLAND !!
J'EN AI PLUS QU'ASSEZ DE TES BÊTISES !
HEIN ?!
MAIS JE N'AI PAS DE POUVOIRS !
ET LES JEUX VIDÉO...?
DONC, C'EST NON !
TU N'AS PAS TON MOT À DIRE, ORAGE !!
OUHLÀ ! JULIE EST ÉNERVÉE...
FUYONS !
TU N'AS PLUS LE CHOIX !
OUI
NON
TU PARS POUR BOUHLAND !

DES MONSTRES !
DES VAMPIRES !
DES SORCIERS !
L'ÉCOLE MAGIQUE DE BOUHLAND !!

IL EST TEMPS QUE TU MÛRISSES !
BOUHLAND VA T'APPRENDRE LA VIE !
PFFF !
DRIIIIIIIIIIIIING
SI TU AS ENCORE FAIT UNE BÊTISE...
MEUH... JÉRIENFÉ !
OH, BONSOIR...
CE N'EST PLUS LES PETITS LUTINS QUI VIENNENT CHERCHER LES ENFANTS ?
...
EN... FANT...
HUH ?!

JE N'IRAI PAS À BOUHLAND, MONSIEUR LE MONSTRE !
DIS-LUI, MAMAN !
CÉKWACÉZIEU...?
VOILÀ DES AFFAIRES PROPRES !
MAMAAAAN !
ON SE REVOIT DANS UN AN !

J'VEUX PAS
Y ALLER !!
PAS BOUHLAND !!

UNE HISTOIRE DE RENTRÉE

JE VAIS FAIRE L'APPEL... REJOIGNEZ ENSUITE VOS DORTOIRS RESPECTIFS...
AHEM...
COMMENÇONS...
BONJOUR L'AMBIANCE...
GARAM !
GRUMPF...
AVEC ÉLIAN !
YEP !
JIM MIJ !
ENFIN UN MEC NORMAL !
HEY, LE NOUVEAU ! ARRÊTE DE STRESSER POUR RIEN...
??!

ON VA ÊTRE ENSEMBLE, JE TE LE DIS, MOI...
IL INSPIRE LA CONFIANCE, CELUI-LÀ...
GLOUPS !
J'AI SOIF DE SANG !! DE SANG !! NYAHAHA !!
BOUHOUHOU !!!
T'INQUIÈTE, JE MORDS PAS...
BEN VOYONS...
ENFIN, SI, MAIS T'ES PAS MON GENRE...
OUI, OUI, ON LUI DIRA ! MOI, JE ME TIRE !
WOUAAAH !!
TU M'AS FAIT PEUR !!
C'EST TOI QUI M'AS FAIT PEUR, À DÉBOULER COMME ÇA, OUI !

AHEM... ORIGAN !
MARONIO, AVEC BADIANE !
ON VA BIEN S'AMUSER ;-)
AH ?
CANNEL, AVEC CARDAMONE !
'APU PERSONNE, NAN ?
FARAH HONNE !
JE SERAIS DONC AVEC ELLE ?
MON POUVOIR, C'EST DE LIRE DANS LES PENSÉES DES GENS.
COOL.
ET JE PENSE À QUOI, ALORS ?
JE NE LIS PAS TES PENSÉES, LÀ.
AH.
ELLE EST FOLLE, OUI !
LÀ, J'AI ENTENDU !

ILS M'ONT OUBLIÉ EN FAIT...
HEY, MAIS...!
IMAGINATION D'ORAGE
BON, ORAGE, ÉTANT DONNÉ QUE TU ES LE SEUL HUMAIN NORMAL, TU AURAS UNE CHAMBRE À PART...
OOH, YESSS !!
ORAGE, C'EST ÇA ?
MOUI ?
TON CAMARADE DE CHAMBRE ÉTAIT À L'INFIRMERIE, IL ARRIVE...
HMPF...
AH ! SPATROTO ! QU'EST-CE QU'IL EST LENT !...
BON, ON VA SE LA JOUER DIPLOMATIQUE...
ON VA QUAND MÊME DEVOIR VIVRE ENSEMBLE !
ALLEZ, GRAND SOURIRE DE LA MORT QUI TUE !!
COMMENT T'AS SU ?!

J'AI VU LA FEUILLE DE CURCUMA AVANT QU'IL COMMENCE...
ARF...
ORAGE, JE CROIS ? JE ME PRÉSENTE, **LAÏTOFF**, POUR TE SERVIR...

UNE HISTOIRE D'ÉNIGME

QUI A BIEN PU TE JOUER UN SI MAUVAIS TOUR, MON PAUVRE ?
SNIF...
C'EST ELLE LÀ-BAS !!
MYRTILLE ?
T'ES SÛR DE TOI, TÊTE DE MARRON ?
C'EST MOI QUI T'AI TRANSFORMÉ ?
ALORS ?!
C'ÉTAIT UNE AUTRE... OUI, UNE AUTRE...
AH, JE ME DISAIS AUSSI !
C'EST CLAIREMENT DE L'INTIMIDATION...
C'EST P'TÊT' MON PREMIER JOUR, MAIS JE VAIS PAS LAISSER FAIRE CETTE PETITE PESTE !
ORAGE, MODE BAGARRE ACTIVÉ !
LAISSE TOMBER... TU ES BEAUCOUP TROP FAIBLE !
ELLE VA TE MASSACRER...
ET, EN PLUS, C'EST LA CHOUCHOUTE DE MADAME MENTHE...
TU AVAIS SURTOUT BESOIN DE MOI POUR T'AIDER, OUI !
MEUH, NON...
T'ES SOURNOIS, LAÏTOFF !

SALUT, LES P'TITS MONSTRES !
SALUT, FDP...
FDP ??
QUELLE ÉTAIT LA COULEUR DU CHEVAL BLANC D'HENRI IV ?
BLANC ?
TOUJOURS AUSSI MALIN, CE LAÏTOFF !
À TOUT DE SUITE, ORAGE.
ALORS, À NOUS DEUX, LE PETIT NOUVEAU !
POUR POUVOIR ACCÉDER AU DORTOIR, TU DOIS RÉPONDRE À UNE ÉNIGME !
ARGH, JE SUIS NUL EN DEVINETTES !
COMBIEN FONT...
AAAAAAH ! DU CALCUL MENTAL !
... 2+2-1 ?
EUUUH...
JE SAIS, C'EST DUR, MAIS SI TU NE VEUX PAS COUCHER DEHORS, IL FAUT TROUVER LA RÉPONSE...
BAH, TROIS !
AH ! TU ES PLUS INTELLIGENT QU'IL N'Y PARAÎT !
IL SE FICHE DE MOI ?!
LA PROCHAINE FOIS, ÇA SERA ENCORE PLUS DUR !!

WC
ICI, C'EST LES TOILETTES...
PFFF... J'AVAIS COMPRIS...
ALORS, CETTE CHAMBRE ?
BAH... JE SAIS PAS SI JE SUIS HEUREUX OU TRISTE...
MAIS, AU MOINS... **Y A DEUX LITS**...

UNE HISTOIRE DE DORTOIR

HEUREUSEMENT QUE CURCUMA M'A PRÊTÉ SON MARTEAU...
HMMM ?...
ON DIRAIT PAS COMME ÇA, MAIS C'EST UN MONSTRE ATTENTIONNÉ...
Y A PAS DE DOUTE...
EN TOUT CAS, J'ESPÈRE QUE, CETTE ANNÉE, J'AURAI MON DIPLÔME...

AH, T'AS REDOUBLÉ ?
YEP ! TOUTEFOIS, IL Y A QUATRE ANS, J'AI FAILLI L'AVOIR.
LE DIPLÔME ?
YEP !
JUSTE COMME ÇA, TU AS REDOUBLÉ COMBIEN DE FOIS ?
OH... PAS BEAUCOUP... UNE... DEUX... HMMM... TREIZE FOIS !
TREIZE ??
ET SINON, ORAGE, QU'EST-CE QUE T'AIMES FAIRE DANS LA VIE ?
EUH...
ON CONTINUE À PARLER DANS LE NOIR ?
OK.
D'AILLEURS, JE VOULAIS SAVOIR...
LE FANTÔME, TOUT À L'HEURE, TU L'AS APPELÉ...
FDP... OUI.
MAIS POURQUOI ?
C'EST LE FANTÔME DU PALIER... FDP, C'EST PLUS RAPIDE.
AAAH ! OK...
ÇA VEUT DIRE QUOI CHEZ TOI ?
LAISSE TOMBER !
ORAGE, JE PENSAIS, AVEC UN PEU DE CHANCE, ON VA PASSER BEAUCOUP DE TEMPS ENSEMBLE...
OUI, ET...?
ON DEVRAIT EN PROFITER POUR FAIRE PLUS AMPLE CONNAISSANCE. ET, JUSTEMENT, JE...

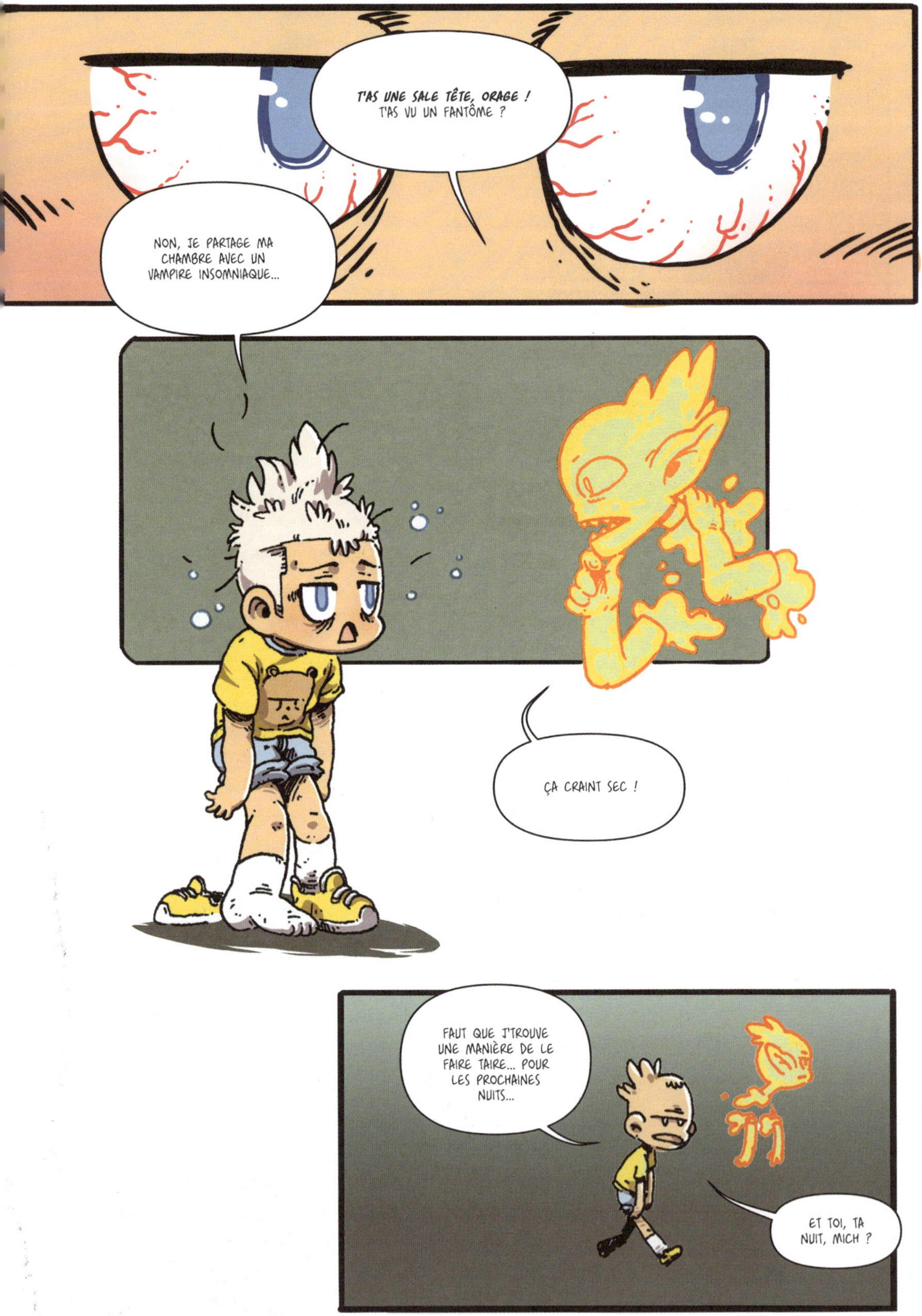
T'AS UNE SALE TÊTE, ORAGE ! T'AS VU UN FANTÔME ?
NON, JE PARTAGE MA CHAMBRE AVEC UN VAMPIRE INSOMNIAQUE...
ÇA CRAINT SEC !
FAUT QUE J'TROUVE UNE MANIÈRE DE LE FAIRE TAIRE... POUR LES PROCHAINES NUITS...
ET TOI, TA NUIT, MICH ?

UNE HISTOIRE DE CANTINE

IL A DISPARU...
HEY, ORAGE !!
VIENS ME REJOINDRE !
PRENDS LE MAGIC PLOP !
MA... QUOI ?!
TIENS BIEN TON PLATEAU, PAR CONTRE !
RHÔLOLO, JE LE SENS MAL...

CH... ...BOING !
J'VAIS MOURIR !!
BRAVO POUR UNE PREMIÈRE !

D'HABITUDE, LES NOUVEAUX S'ÉCRASENT SUR LE PLAFOND, NYAHAHAHA !
MAIS POURQUOI T'AS PAS MIS TES AIR-M ?
AIRÈME ?
REGARDE, CETTE DEUXIÈME ANNÉE A DES AIR-M, C'EST DES CHAUSSURES QUI LUI PERMETTENT DE VOLER
ET TOI, T'EN N'AS PAS ?
MOI, J'SUIS UN FANTÔME. JE VOLE PAR ESSENCE, NYAHAHAHA !
PETIT COURS ! EN GROS, LE SOL, C'EST POUR LES ÉLÈVES GÉANTS ET AUTRES MONSTRES DE TAILLE BIEN TROP GRANDE POUR NOUS REJOINDRE SUR LES TABLES.
TABLE DES 2E ANNÉE
TABLE DES 3E ANNÉE ET DES PROFS
TABLE DES 1ÈRE ANNÉE
RDC : C'EST POUR LES MONSTRES TROP GIGANTESQUES !
CHALUT !
MOI, C'EST LILA, ET VOICI CÉLERI !
SALUT ! JE M'APPELLE ORAGE !
ENCHANTÉE, ORAGE, ET BON APPÉTIT !
EUUUH...

MAIS... C'EST UN ŒIL !!
HI HI, T'AS PRIS LA TAMBOUILLE DU CHEF !
C'EST DES YEUX DE GOBELINS ! C'EST TRÈS BON ! GOÛTE !
BON, HOP ! ÇA PEUT PAS ÊTRE PIRE QUE LA CANTINE DE L'ÉCOLE PUBLIQUE...
GLOUP
JE NE...
... SUIS MÊME PLUS FATIGUÉ ! C'EST DINGUE !
PAR CONTRE, C'EST IMMONDE ! BEURK ! JE VEUX DEVENIR VÉGÉTARIEN !
VÉGÉ-QUOI ? CÉKWASSA ?
IL VEUT DIRE PYTHAGORÉEN...
QU... LAÏTOFF ?!
MAIS DEPUIS QUAND ?!!
PEU DE TEMPS...
BLOUGOU EST PYTHAGORÉEN, IL NE MANGE QUE DES VÉGÉTAUX.
CH'CRUNCH...
CHCRR...
ON VA EN COURS ?
IL EST DÉJÀ 8 HEURES ?

À BOUHLAND, ON A UN CODE VESTIMENTAIRE À RESPECTER...
AH BON ? J'AI PAS REÇU D'INDICATIONS. MON DÉPART A ÉTÉ... PRÉCIPITÉ.
(LA FAUTE DE MAMAN...)
TU VAS À L'ARMOIRE...
TU LUI FAIS DES GUILIS SUR LE CÔTÉ, PUIS...
HMMM...
« JE VEUX MES AFFAIRES... » OUVERTUX !
ET VOILÀ, IL Y A DES AFFAIRES QUE J'AI APPORTÉES ET AUSSI LES AFFAIRES EN LIEN AVEC L'ÉCOLE...
FASTOCHE, HEIN ?
JE... VAIS M'HABITUER...
À TOI, ORAGE !
HMMM...
OUVERTUX ?
POURQUOIIIIIIII !?!
TU LUI AS PAS FAIT DE GUILIS...
AH.

ÇA ME CHANGE UN PEU... C'EST VACHEMENT DOUX.
T'AS LA CLASSE, MON VIEUX.

AH OUI... CHACUN SON STYLE.

UNE HISTOIRE DE COURS (1)

BONMONSTRE À TOUS !
CONTRÔLE.
VOUS AVEZ UNE HEURE.
QUOIIIII !!?
CÉKWASSA ?! C'EST UNE ÉCOLE POUR DEVENIR ASTRONAUTE, EN FAIT ?!
THOMAS PESQUET EST UN VAMPIRE...
QUOI ?!...

ETHNOLINGUISTIQUE
AUJOURD'HUI, ON VA RÉVISER LES BASES DU GRONK.
GRONK...
ALLEZ, MONTRE-MOI, CURRY...
BRAVO ! VRAIMENT PARFAIT !
HEEEEEEIN ?
OOOH, NOOOON !

ALLEZ, DIS-MOI BONJOUR EN **GRONK**.
C'EST POURTANT LE COURS LE PLUS FACILE ! ALLEZ, MONTRE-MOI.
MEUH, J'EN SAIS RIEN, MOI ! LE CYCLOPE, IL A PAS BOUGÉ UN CIL TOUT À L'HEURE, NI DIT UN MOT...
J'EN AI MARRE ! J'ABANDONNE !
HUK HUK ! BRAVO ! C'EST UN BONJOUR TRÈS JOYEUX ! TU PEUX RETOURNER À TA PLACE, ORAGE.
QU... ??
ALORS, LÀ, J'COMPRENDS PLUS RIEN !

COMMENT ?!!
EH OUI... IL SUFFIT DE FERMER LES PAUPIÈRES POUR DIRE BONJOUR EN GRONK...
POUM !
HEY !!
OUPS, PARDON !
TU M'AS BOUSCULÉE, P'TITE TÊTE DE MONSTRE !
J'M'EXCUSE, MADAME !
BONK !!!
ON DIT « EXCUSEZ-MOI » !

ÇA VA MIEUX LA TÊTE, ORAGE ?
BOF...
SI TU CONTINUES COMME ÇA, TU VAS BIENTÔT RESSEMBLER À UNE MOMIE...
HA HA, TRÈS MARRANT... PFFFF...
D'AILLEURS, TON AGRESSEURE ME DIT QUELQUE CHOSE, MAIS JE NE ME RAPPELLE PAS OÙ J'AI BIEN PU LA CROISER...
J'VAIS ME VENGER !
APPELEZ-MOI STARCK !
JE SUIS VOTRE CAP... CHEF... PROFESSEURE D'HISTOIRE !
AH, ÇA ME REVIENT...
J'ESPÈRE QUE CETTE ANNÉE VA ÊTRE...
... RICHE EN...

PFIOUUUU.... UNE MATINÉE ET JE SUIS DÉJÀ VIDÉ...
ORAGE ! ON VA AU RÉFECTOIRE, TU VIENS ?
HA HA ! NON MERCI, J'AI PAS FAIM !
ROH ! J'VAIS PAS BROYER DU NOIR, MOI...
BROOOOOOHH....
J'AI SUPER FAIM, EN FAIT...
BROOOOH...
C'ÉTAIT QUOI, CE BRUIT ?

BON.
MAIS J'SUIS OÙ, EN FAIT ? C'EST QUOI, CE JARDIN ?

UNE HISTOIRE DE COURS (2)

T'ES EN PREMIÈRE ANNÉE, HEIN ?!
EUH... MOUI...
TU VEUX UNE TREMPE !?
NON NON...
RICHARD, ÉLÈVE DE TROISIÈME ANNÉE.
OH, MON DÉMON !! JE RESSEMBLE À RIEN !
SPAPOSSIB' !
ÇA VA TE COÛTER CHER, TU L'SAIS, ÇA ?!
RICHARD ! ON DOIT ALLER S'ENTRAÎNER POUR LE TOURNOI !
KAROCHAN ?
ALLEZ, DÉPÊCHE !
JE NE T'OUBLIERAI PAS !
...
PFFF... TU VAS SURTOUT L'OUBLIER DANS QUINZE SECONDES...
NON !
SI !...
IL S'APPELLE COMMENT, ALORS ?
QUI ?
COMMENT ÇA, QUI ?
TU ME SAOULES, RICHARD...

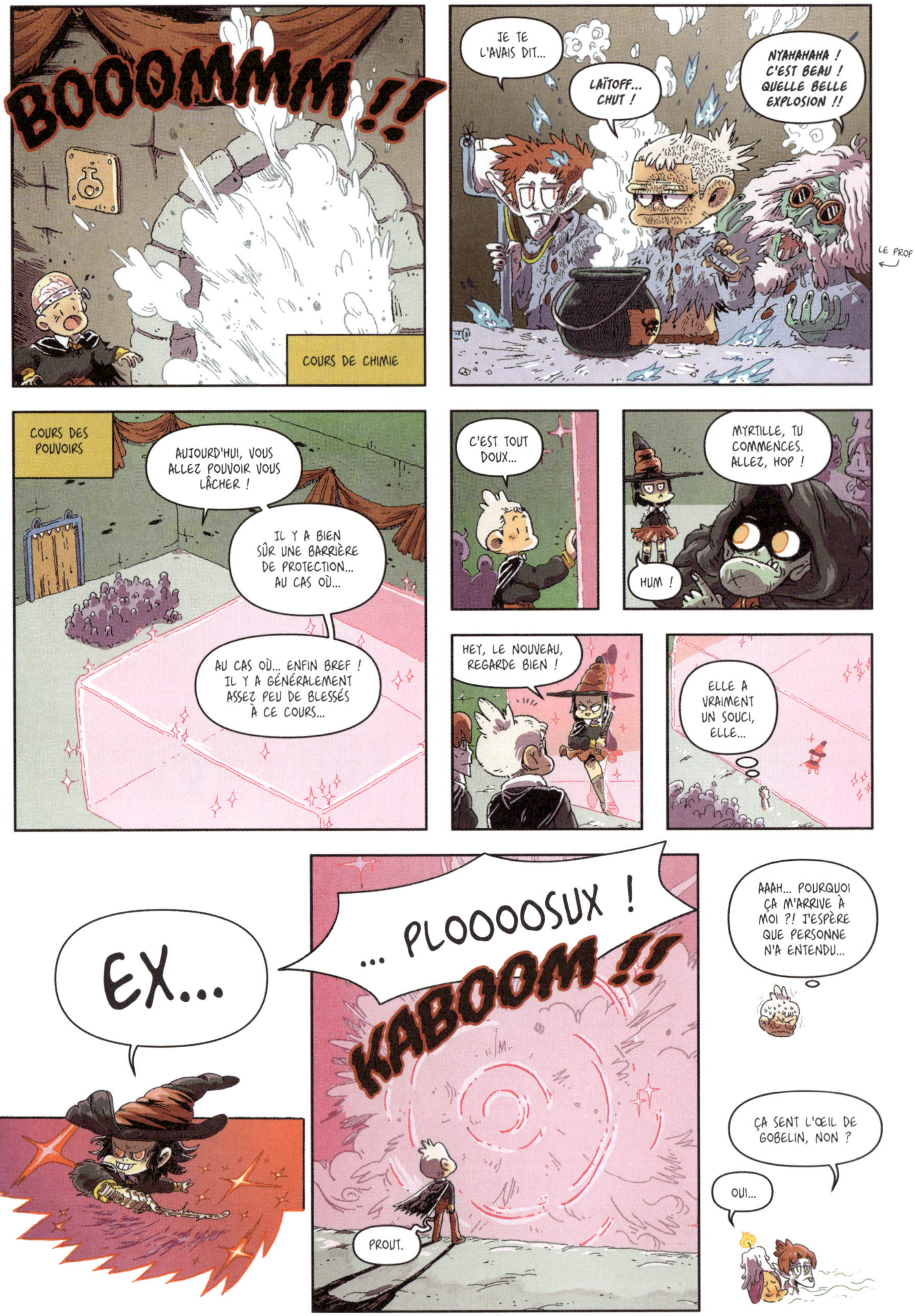
BOOOMMM !!
COURS DE CHIMIE
JE TE L'AVAIS DIT...
LAÏTOFF... CHUT !
NYAHAHAHA ! C'EST BEAU ! QUELLE BELLE EXPLOSION !!
LE PROF
COURS DES POUVOIRS
AUJOURD'HUI, VOUS ALLEZ POUVOIR VOUS LÂCHER !
IL Y A BIEN SÛR UNE BARRIÈRE DE PROTECTION... AU CAS OÙ...
AU CAS OÙ... ENFIN BREF ! IL Y A GÉNÉRALEMENT ASSEZ PEU DE BLESSÉS À CE COURS...
C'EST TOUT DOUX...
MYRTILLE, TU COMMENCES. ALLEZ, HOP !
HUM !
HEY, LE NOUVEAU, REGARDE BIEN !
ELLE A VRAIMENT UN SOUCI, ELLE...
EX...
... PLOOOOSUX !
KABOOM !!
PROUT.
AAAH... POURQUOI ÇA M'ARRIVE À MOI ?! J'ESPÈRE QUE PERSONNE N'A ENTENDU...
ÇA SENT L'ŒIL DE GOBELIN, NON ?
OUI...

COURS D'EPS
SALUT LA COMPAGNIE !
ON VA COMMENCER L'ANNÉE AVEC CETTE TOUTE NOUVELLE PISCINE LÉVITANTE...
ÇA NE TIENDRAIT QU'À MOI, ON FERAIT DANS LA MER... (AVEC LES REQUINS...)
...
AAH... ELLE EST À LA BONNE TEMPÉRATURE, TROP BIEN !
HIHI !
KYAA !
ROAR !
BLBLBLBL...
ON SE CONCENTRE ! LE COURS DE SURVIE EN EAU PEU PROFONDE PEUT COMMENCER !
ET...
HOP !
SPLASH !

EUH... C'EST QUOI ÇA ?
JE M'ATTENDS AU PIRE...
CRUNCH !
AAH !!
DES PIRANHAS À TÊTE DE MORT !!
POURQUOI TOUJOURS MOI !? AÏE AÏE !!
OUILLE !
RHÔLOLOOO !
MYRTILLE ?
LEVITUX !
ELLE EST VRAIMENT FORTE ! GNNNH...
AH ! UNE ESCADRILLE DE PIRANHAS !
HIN ! MAUVAISE IDÉE, LE NOUVEAU...
WOAAAAH !!!

GO !
OUHLA !
GNARK !
GNARK !
BLOU BLOUUU BLOUUU* !
* AAAH ! J'SUIS MORT !
C'EST QUI, LUI ?! IL EST TROP STYLÉ !!
BEURK !
AIDE-MOI, MEC !

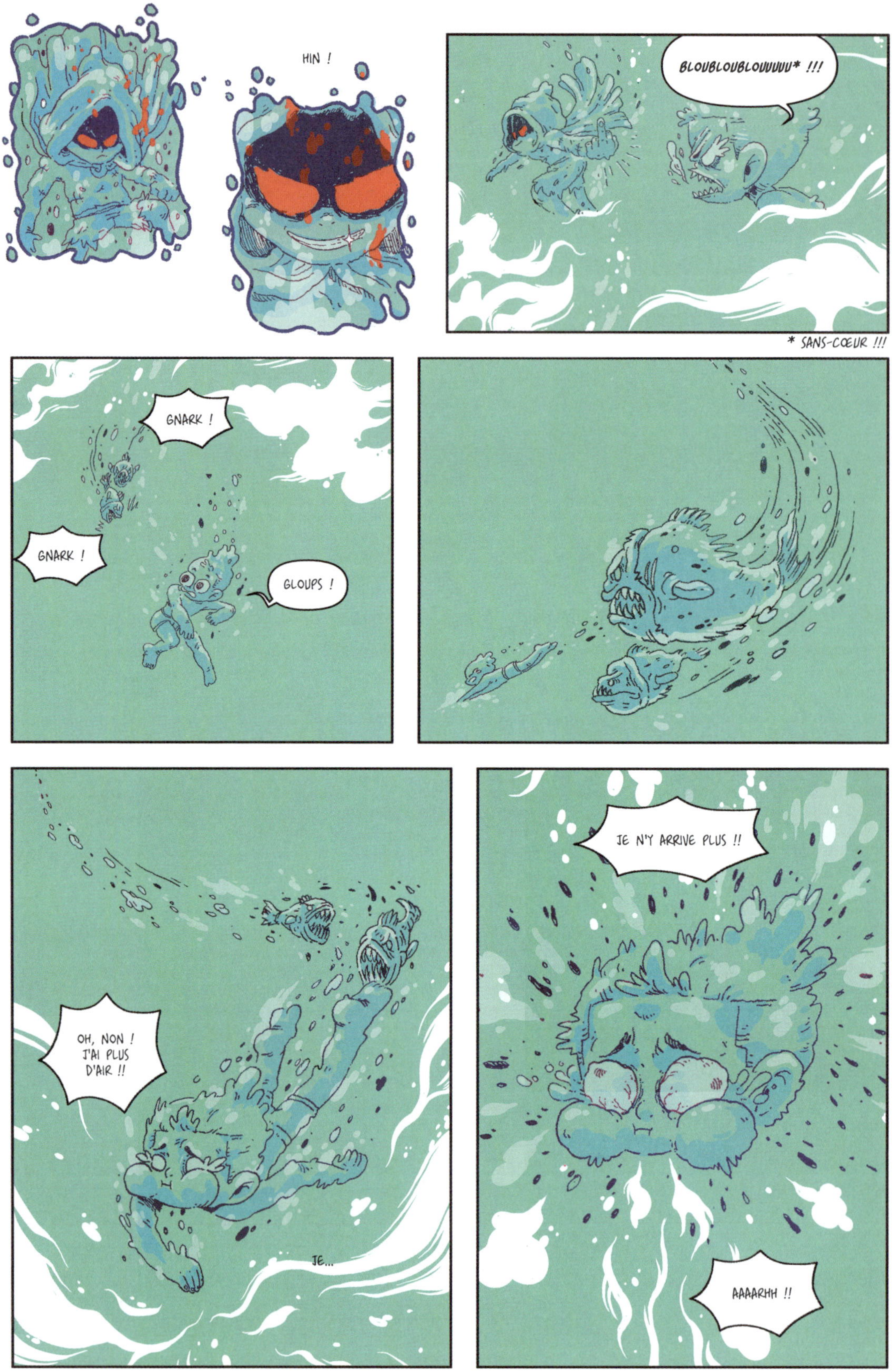
HIN !
BLOUBLOUBLOUUUUU* !!!
* SANS-CŒUR !!!
GNARK !
GNARK !
GLOUPS !
OH, NON !
J'AI PLUS
D'AIR !!
JE...
JE N'Y ARRIVE PLUS !!
AAAARHH !!

PFWAAAAH !!
NOOOOOOOON!!!
T'ES PAS NÉ DE LA DERNIÈRE PLUIE, TOI ! HIN HIN !
...
HA HA ! CE QUI EST BIEN AVEC TOI, ANIS, C'EST QUE BLESSÉ OU PAS, ON VOIT PAS LA DIFFÉRENCE...
HUMPF !
HEY, LES MECS !
ALLEZ VOUS HABILLER, ÇA VA BIENTÔT DÉMARRER !

BAH ANIS ! PARS PAS !
ALORS, TU APPRÉCIES NOS COURS DE SPORT MAGIQUE ?
BOF...
ON APPREND À SURVIVRE ICI !

DE QUOI TU PARLAIS JUSTE AVANT, MICH ?
ET TU PEUX PORTER DES VÊTEMENTS ?
C'EST MAGIQUE ! HI HI HI !
DE LA SOIRÉE D'INTÉGRATION, PARDI !!
LA QUOI ?

UNE HISTOIRE DE SOIRÉE

C'EST PAS DU TOUT PROCHE, DIS-MOI...
SI, SI, C'EST À CINQ MINUTES, HI HI HI !
TU M'AS DIT LA MÊME CHOSE Y A DIX MINUTES...
C'EST JOLI ICI, NON ?
ON VOIT PAS GRAND-CHOSE...
TU AS PEUR DU GRAND MÉCHANT LOUP ?
HA HA, NON !
... OU DU CROQUEMITAINE PEUT-ÊTRE...
LE CROC-QUOI ?!
HAN ! ILS SONT AMOUREUX !
(LA HONTE)
CHIBY ?
LUI... IL S'APPELLE DONC CHIBY...
QU'EST-CE QUE TU FAIS ICI, SI TARD ?
JE M'ENTRAÎNE !
AH...
ALORS, TIREZ-VOUS !
TIENS, J'TE RENDS TON DOIGT, AU PASSAGE !
ALLEZ, BON COURAGE, CHIBY !
OUAIS, C'EST ÇA !
TU VIENS D'OÙ, CÉLERI ?
DU GÉVAUDAN.
C'EST EN FRANCE ?
KRACK !
AU SECOUUURS !
AH, ON DIRAIT QUE LES BRAS DE CHIBY SE SONT CASSÉS, ON VA L'AIDER ?
NON, IL L'A BIEN CHERCHÉ...
T'ES CRUELLE, CÉLERI...
LE GÉVAUDAN, C'EST DANS LE CENTRE, VERS LE MONT MOUCHET.
EUH, OK... VERS LE MOMOUCHÉ...

C'EST ICI, L'ENDROIT SUPER COOL ?
OUIP !
C'EST VACHEMENT GLAUQUE, J'TROUVE !
BRRRRR... J'AI FROID...
S'IL ME PRÊTE SA CAPE, C'EST QU'IL S'INTÉRESSE À MOI !
AH ZUT ! TU AURAIS DÛ PRÉVOIR...
AH ! ELLE A FROID, MOI, J'AI PEUR...
PFFF... C'EST PAS UNE LUMIÈRE, CET HUMAIN !
ON VA P'TÊT' PAS TARDER, HEIN ? C'EST PAS QUE JE FLIPPE, MAIS UN PEU QUAND MÊME...
C'EST MOI OU ILS SE RAPPROCHENT ?
CHUUUT, IMBÉCILE !
JE RÉFLÉCHIS À UN NOUVEAU PLAN D'ATTAQUE...
DIS, CÉLERI, SI T'ES UNE SORCIÈRE, IL FAUDRAIT P'TÊT' SORTIR TA BAGUETTE !
LE VENT SE LÈVE ! ZUT ZUT ZUT, TRIPLE ZUT !
JE N'AI PLUS LE CHOIX ! « TECHNIQUE D'INFILTRATION NUMÉRO 13 » ! ALLER AU CONTACT !
JE VAIS ME RAPPROCHER TRANQUILLEMENT...
DOU... CE... MENT...
ÇA VA ÊTRE MON PREMIER BAISER...
IL DOIT Y PENSER AUSSI...
J'AI UN TRUC SUR LE VISAGE ?

OH NAN ! LE VENT DÉCOUVRE LA LUNE !!
LE TEMPS PRESSE !
JE ME LANCE !
ORAGE... EMBROAR-MWA... S'IL TE ROARRR !
?
EH MAIS !! J'HALLUCINE OU...?
ROARRR !
HUK !!
!!!
TU DOIS AVOIR PLUS CHAUD, MAINTENANT...

BOM !
T'ES PLUTÔT DOUCE, JE TROUVE, HÉ HÉ...
BAM !
ROOAARR !
AÏE ! AÏE ! TU PIQUES !!
AÏE ! OUILLE...
ARH...
ALORS, CE RENDEZ-VOUS ?
L'AMOUR N'EST PAS MORT, MAIS L'AMOUR MORD !
LA PROCHAINE FOIS, PRÉVIENS-MOI AVANT QUE JE SORTE AVEC UNE LOUVE-GAROU !

UNE HISTOIRE DE DOUCHE COMMUNE

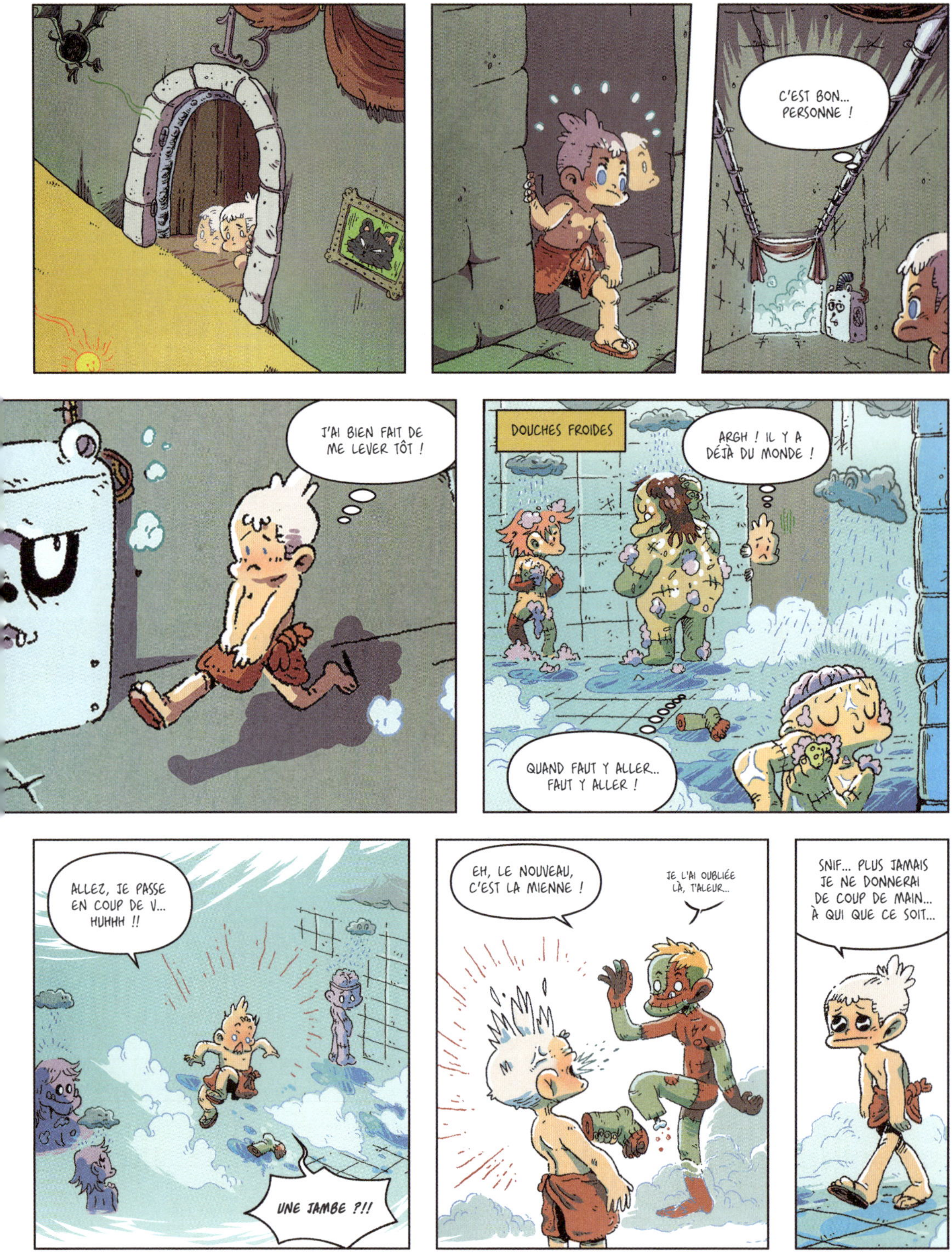

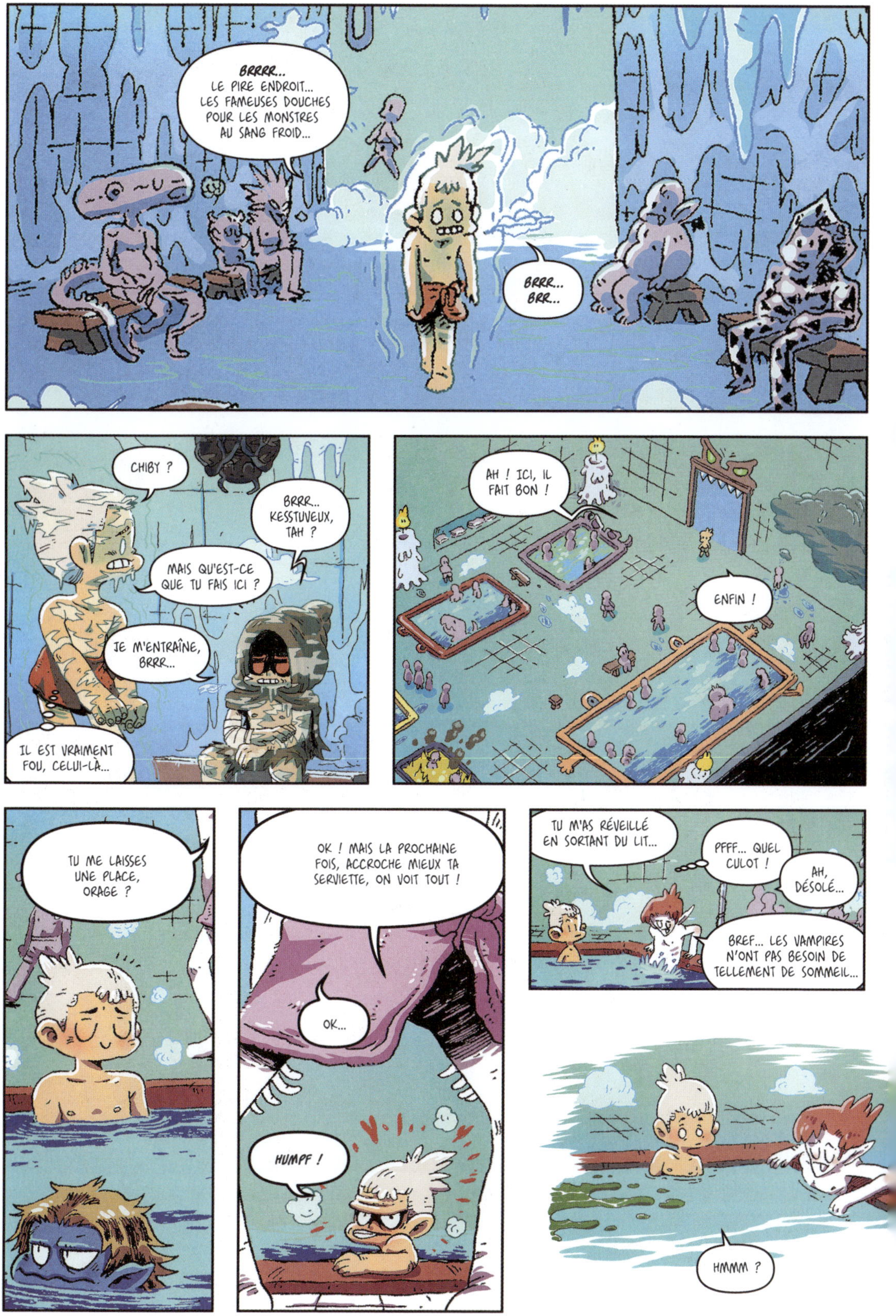
BRRRR... LE PIRE ENDROIT... LES FAMEUSES DOUCHES POUR LES MONSTRES AU SANG FROID...
BRRR... BRR...
CHIBY ?
BRRR... KESSTUVEUX, TAH ?
MAIS QU'EST-CE QUE TU FAIS ICI ?
JE M'ENTRAÎNE, BRRR...
IL EST VRAIMENT FOU, CELUI-LÀ...
AH ! ICI, IL FAIT BON !
ENFIN !
TU ME LAISSES UNE PLACE, ORAGE ?
OK ! MAIS LA PROCHAINE FOIS, ACCROCHE MIEUX TA SERVIETTE, ON VOIT TOUT !
OK...
HUMPF !
TU M'AS RÉVEILLÉ EN SORTANT DU LIT...
PFFF... QUEL CULOT !
AH, DÉSOLÉ...
BREF... LES VAMPIRES N'ONT PAS BESOIN DE TELLEMENT DE SOMMEIL...
HMMM ?

MAIS C'EST DU VOMI ?!
BLOUGOU ?!!
RAAAH...
ÔÔÔSSS COURS...
J'ME LAVERAI PLUS JAMAIS !
DÉCONNE PAS, MEC !

UNE HISTOIRE QUI VOLE PAS HAUT

MAIS… C'ÉTAIT PAS UN FANTÔME, LE CUISTOT ?!
TU VAS VOIR, CHAMPION, AVEC CETTE POUDRE DE PERLIMPINPIN, TU VAS ÊTRE ÉNERGIQUE ET POSITIF !!!
HA HA ! REGARDEZ, ORAGE A PRIS LE MAUVAIS MAGIC PLOP !
HI HI ! MATE-LE, CASSIS !
OH, LE PAUVRE ! TE MOQUE PAS, MYRTILLE…
JE TE PARIE QU'IL VA S'EN PRENDRE UNE…
UN CROISSANT AU SANG DE LICORNE QU'IL VA L'ÉVITER !
PARI TENU !
BONK !
TU ME DOIS TROIS CROISSANTS SANGLANTS !
OUCH… ÇA DOIT FAIRE MAL…
TU ES TROP FORTE À CE JEU, FARAH…
SI VOUS POUVIEZ ÉVITER DE PRENDRE UN ASCENSEUR MAGIQUE DÉFECTUEUX, À L'AVENIR…
JE FERAI PLUS ATTENTION…

CURCUMA ?!
C'EST QUOI, CE DÉLIRE ? OÙ SONT PASSÉS LES MONSTRES ?
LILA ? CÉLERI ? MAIS C'EST PAS POSSIBLE ?... JE RÊVE OU QUOI ?
CÉLERI, TU DEVRAIS LIRE CE BOUQUIN, IL EST VRAIMENT BIEN !
OUI, MAMAN... J'AI BIEN MA LOTION POUR PELAGE...
HEY, MEC ! LA PÊCHE ?
AH, MICH... MAIS ?!!
POURQUOI VOUS ÊTES TOUS HUMAINS ?!!
ET POURQUOI TU SAIGNES ?!
C'EST MAGIQUE, HIN HIN !
FAIS PAS TON LAÏTOFF !
BAH OUI, À HALLOWEEN, ON SE DÉGUISE EN HUMAINS, À BOUHLAND...
EFFECTIVEMENT, C'EST LOGIQUE...
LAÏTOFF NE T'A RIEN DIT ?
JE LE HAIS !
TIENS, REGARDE ! C'EST UN MASQUE, ET LE SANG C'EST JUSTE UN SORT, HIN HIN !
OUI, OUI... HUMPF !
T'ES VENU ICI POUR T'ENTRAÎNER À VOLER ?
OUI, J'EN AI TROP MARRE DU MAGIC PLOP !
HA, TU M'ÉTONNES !

TRÈS BIEN ! ÉTANT DE 239 ANS TON AÎNÉ, JE VAIS TE FORMER À L'ART DU VOL !
AYE AYE, SIR !
BIEN !
MON PÈRE AYANT ÉTÉ SOUS LES ORDRES DE NAPOLÉON, ON VA APPELER CETTE PREMIÈRE LEÇON...
... L'ENVOL DE L'AIGLE !
L'ENVO... QUOI ?!
NAPOLÉON, PETIT, GRAS, LA MAIN TOUJOURS SUR SON CŒUR, L'EMPEREUR, QUOI !
DÉSOLÉ, MICH... J'AI PAS VU LE FILM...
SILENCE, SOLDAT ! POUR ACTIVER TES AIR-M, DIS LA FORMULE MAGIQUE « VOLUX » !
ET ENSUITE, TU LÈVES L'UNE DE TES DEUX JAMBES...
AH, JUSTEMENT, EN PARLANT DE NAPOLÉON...
... JE ME SOUVIENS D'UNE ANECDOTE DE MON PÈRE DURANT LA TRAVERSÉE DE LA BÉRÉZINA...
IL A DIT DE LEVER UNE JAMBE, ET...
... MON PÈRE, QUI VOYAIT LES COSAQUES LUI FONCER DESSUS, DÉCIDA...
VOLUX !
... DÉCIDA DE...

...
MAIS KESSÉKSAAAAAA ?!!
ON EST DÉJÀ SI HAUT ?!!

C'EST PAS BON DU TOUT...
IL NE FAUT PAS QUE JE RÉFLÉCHISSE TROP LONGTEMPS, PAR CONTRE...
SALUT, LAÏTOFF !
TU N'AURAIS PAS VU ORAGE, PAR HASARD ?
TU LE RATES DE PEU, IL VIENT À PEINE DE S'ENVOLER...
TU T'ES MÊME PAS DÉGUISÉ ! PFFF...
J'AIME PAS HALLOWEEN...
T'AIMES RIEN DE TOUTE MANIÈRE !
TU LUI AS DIT COMMENT ÉTEINDRE LES AIR-M, AU MOINS ?
AHEM... FAUT QU'ON EN PARLE... J'AI PAS EU LE TEMPS... JE VOULAIS LUI RACONTER UNE ANECDOTE ET...
CELLE DE LA TRAVERSÉE DE LA BÉRÉZINA ?
OUI, VOILÀ...
DOMMAGE, ELLE EST BIEN, EN PLUS...
ET S'IL NE REDESCEND PAS ?
ÇA FERA ENCORE UN NOUVEAU QUI DISPARAÎT...
AAAAAAAAAAH
AH ! LE VOILÀ !
EN TOUT CAS, IL EST VIVANT...

VOLUX ! VOOOLUX !
REMETTEZ-VOUS EN MARCHE, SALES CHAUSSURES MAGIQUES !
BONK !
BONK !
J'AVAIS OUBLIÉ QU'ELLES SE METTAIENT EN ARRÊT D'ELLES-MÊMES EN ARRIVANT DANS LA MÉSOSPHÈRE...
HIN HIN, MAIS OUI ! ON S'EST INQUIÉTÉS POUR RIEN, MON POTE !
ET VOILÀ ! J'VAIS MOURIR ! J'VAIS MOU... RIR !!!
C'EST NUL, COMME MORT ! J'VEUX PAS !!
ET D'OÙ IL SORT, CE CAILLOU ?!

CHTOK !
WOAAAH ! HUF HUF ! MERCI BEAUCOUP !
PAS DE SOUCI !
WOUAAAH !! JE SUIS PAS COMESTIBLE ! EN PLUS, JE NE SUIS PAS PROPRE !
C'EST MOI, MON VIEUX...
« MOI » ?
LAÏTOFF !!
BAH, OUAIS !
TU TE TRANSFORMES ?
TOUS LES VAMPIRES SE TRANSFORMENT...
OH, COOL ! DANS TWILIGHT, ILS BRILLAIENT JUSTE...
T'AS LA CLASSE, EN FAIT...
JE SAIS...

MERCI POUR L'ATTERRISSAGE, J'VAIS MOURIR DANS MON LIT, MOI...
G... G...
IL S'EN REMETTRA ?
IL N'A PAS TROP LE CHOIX...
EH BEN... J'AI PRESQUE ENVIE D'APPELER MAMAN POUR LUI RACONTER...
QUELLE EST LA DIFFÉRENCE ENTRE...
PAS AUJOURD'HUI, FDP !
J'VAIS ME COUCHER...
ENFIN TRANQUILLE...
QUAND EST-CE QU'ILS NETTOIENT LES CHAMBRES, ICI ?
NUIX !
GÉNIALES, CES FENÊTRES MAGIQUES...

HMMM...?
QUI... QUI EST LÀ ?
MYRTILLE ?
SI C'EST UNE BLAGUE, C'EST PAS MARRANT !!
J'AI PRIS UN COUP DE CHAUD, MOI...
AH...
PLUS RIEN...
J'AI P'TÊT' FLIPPÉ POUR RIEN...
HMM ?

AH !...
C'EST JUSTE LE PORTABLE DE LAÏTOFF...
HA HA !
JE SUIS TROP BÊTE !
JE SUIS VRAIMENT FATIGUÉ...
ALLEZ, DODO !
UNE BONNE SIESTE ET J'IRAI MIEUX...
ET JE TESTERAI À NOUVEAU LES AIR-M...

RONFLE... RONFLE...

UNE HISTOIRE DE BAGARRE

MAINTENANT, TU CHOISIS TON PERSONNAGE !
EUUH... CELUI-CI !
NEVILLE REYOU ? TRÈS BON CHOIX !
SECONDE PARTIE, LA FUSION AVEC TON PERSONNAGE !
PERSONNAGE ORAYOU
FORCE : 3/10
VITESSE : 8/10
POUVOIR : AUCUN
ENDURANCE : 5/10
HA HA ! C'EST POUR ÇA QUE CE JEU EST GÉNIAL !
WOW !!
TU AS MÊME RÉUSSI À FAIRE BAISSER LES STATS DE REYOU, MAIS BON.. T'INQUIÈTE, ÇA VA ÊTRE SYMPA ! HIN HIN !
ORAYOU
ANIS-HIME
VS
ORAGE ! TA GARDE !
GO
T'INQUIÈTE, JE GÈRE !

BWOURF !
BOM !
AAAH !! MAIS POURQUOI J'AI MAL ?!
JE T'AI DIT, TU AS FUSIONNÉ AVEC TON PERSONNAGE...
... C'EST DONC NORMAL QUE TU RESSENTES LA DOULEUR !
QUOI ?!
SINON, IL FAUT JOUER SANS LE CASQUE, MAIS, COMME JE T'AI DIT, C'EST MOINS MARRANT...
MAIS... C'EST JUSTE DU MASOCHISME SUR ÉCRAN, EN FAIT !
BAM !!
TECHNIQUE DU PIED ENFOUI !
MAIS AÏEUUUH !!
PLUIE DE GOUTTES TRANCHANTES !
TCHING !
TCHING !
COMBO DES MILLE LAMES !
ARGH !! MAIS STOOOP !
YESSS !
PERFECT
GUUH...

SUPER JEU...
NON MERCI... CE N'EST PLUS DE MON ÂGE...
M'EN FOUS ! PRENDS !
HIN ! PERFECT ! T'ES VRAIMENT LA HONTE DES MONSTRES !
TOI-MÊME, D'ABORD !
UN PROBLÈME, LE SANS-POUVOIR ?
TU VEUX P'TÊT' M'AFFRONTER ?
OUAIS !
AH OUAIS ?
OUAIS !
DOUBLE OUAIS, OUAIS !
OUAIS OUAIS OUAIS !
AH, LES JEUNES...
JE TE PRENDS À QUOI ?
ZOMBIE RUNNER !
OK !
HUFF !
HAN !
HAN HAN !
HUF !
TU MANQUES D'ENTRAÎNEMENT, ORAGE !... HAN !
HUFF HUFF !
ZUIIIIIIIIIIIIIIIIIIIIIIMMM...

HAN !
HUF !
HAN HAN !!
LAÏTOFF, QUEL EST LE BUT DE CE JEU ?
FASTOCHE ! TU DOIS COURIR LE PLUS VITE POSSIBLE...
C'EST PLUS UNE ÉPREUVE DE CARDIO QU'UN VÉRITABLE JEU...
LE TRUC, C'EST QUE SI LES ZOMBIES T'ATTRAPENT, TU PASSES UN MAUVAIS QUART D'HEURE...
VOILÀ, EN GROS, LILA...
COMMENT ÇA, « ILS T'ATTRAPENT » ?
TU VAS BIENTÔT EN AVOIR LA DÉMONSTRATION...
OUHLOULOU !!
OOOH, MON DIEU !! HUF !
ORAGE A TROP RALENTI SA CADENCE...
HIN HIN !

CHLAP !
HA HA HA !! CHEEEEH !!
AAAAH !! NOOON !! BOUHOUHOUUUU !!
IL NE FAUT JAMAIS SE RELÂCHER...
CHOP !
...
AU SECOUUUUUUUU...
ORAAAAAAAAAG...
...
ET MAINTENANT...
ILS VONT RESTER BLOQUÉS TROIS MINUTES DANS LE JEU...
MAIS C'EST HORRIBLE...
C'EST LA VIE, LILA...
C'EST PAS DANGEREUX AU MOINS ?
AUCUN JOUEUR N'EN EST ENCORE MORT...
AH, TANT MIEUX !
ENFIN, À MA CONNAISSANCE...
COMMENT ?!
TROIS MINUTES PLUS TARD...
T'EN AS PAS EU ASSEZ, L'ENCAPUCHÉ ?!!
TIENS !
GNAH !
HAN !
HO HO ! UNE BAGARRE !

SALLE DE PERMANENCE
C'EST UN PEU GLAUQUE, ICI...
BOF, ÇA RESSEMBLE À CHEZ MOI...
POURQUOI TU ME CHERCHES TOUT LE TEMPS, CHIBY ?...
PARCE QUE T'ES FAIBLE...
... ET QUE TU N'AS PAS DE POUVOIRS...
TU N'AS RIEN À FAIRE CHEZ NOUS !
PFFFF... LES MONSTRES...

HEY, SOLEIL ! C'EST L'HIVER, JE VAIS DEVOIR TE CACHER, DÉSOLÉ...
DÉJÀ ?...

UNE HISTOIRE DE CADEAU

QU'EST-CE QUE JE FAIS ?...
ALLEZ, DONNE-LUI, LILA !
JE DOIS Y ALLER, LILA, J'AI COURS DE RATTRAPAGE DE GRONK...
GRRR... J'AI PAS RÉUSSI...
OUI, IL FAUT LE DONNER À ORAGE.
HMMM... PAS DE PROBLÈME...
T'ES TROP CHOU, FARAH ! MERCI BEAUCOUP !
AU MOINS, IL AURA MON CADEAU !
DONC, JE LUI DIS QUE C'EST DE TA PART ET QUE TU ES AMOUREUSE DE LUI. À PLUS !
COMMENT ?!! SURTOUT PAS !!
ARRÊTE DE LIRE DANS MES PENSÉES, FARAAAH !
POUR LE COUP, J'AI JUSTE DEVINÉ...
FARAH, OÙ VAS-TU ? TU AS UN EXAMEN.
MADAME MENTHE ? OUPS, J'AVAIS OUBLIÉ...
POUR ORAGE ?... EUH... OK...
OÙ IL EST, CE PETIT HUMAIN ?
SI TU PEUX LE DONNER À ORAGE... C'EST PAS DE MOI, C'EST DE FARAH.
POURQUOI MOI ?
JE L'AI PAS TROUVÉ ET TU ES PLUTÔT PROCHE DE LUI, ALORS...

HUMPF !
ANIS ? C'EST POUR QUI, LE CADEAU ?
ORAGE.
J'Y CROIS PAS, JE SUIS PAS LA SEULE À VOULOIR METTRE MES GRIFFES SUR ORAGE ?!
DONNE, JE VAIS LE LUI DONNER !
OOW, MERCI !
ET LE FAIRE DISPARAÎTRE !
HEY !
CHOOOP !
GNIHHIHIHI !
FLOP !
T'ES TROP BALÈZE, ANIS !
RÂÂÂH, SATANÉE CHAUVE-SOURIS ! ELLE A ABÎMÉ LE CADEAU DE MON BIEN-AIM... D'ORAGE !
ATTENDS, CÉLERI, J'AI UNE IDÉE !
MOUAIS... ÇA FERA L'AFFAIRE...
MAINTENANT, JE PEUX VRAIMENT FAIRE CROIRE QUE C'EST DE MOI ET PAS DE FARAH !

HEY ! TU N'AURAIS PAS VU ORAGE ?
CÉLERI ?
C'EST MOI QUI ATTENDS DES NOUVELLES D'ORAGE, OUI !
ÇA FAIT UNE HEURE QUE JE FAIS SEMBLANT DE LIRE !!
TU PEUX LUI DONNER CE CADEAU DE MA PART ?
JE SUIS TIMIDE, MDR !
QUOIIII ?!
T'ES PAS TIMIDE DU TOUT !
OK...
JE FAIS QUOI, MAINTENANT ?
BRÛLE-LE ! QU'IL N'EN RESTE QUE DES CENDRES !
TU AS PROMIS À CÉLERI DE DONNER SON CADEAU À ORAGE...
AHLALA... JE SUIS TIRAILLÉE...
SALUT, VOUS DEUX !
HMMM ?
JE VOUS AI CHERCHÉS LONGTEMPS, POURQUOI VOUS N'ÊTES PAS EN COURS ?
CURCUMA EST MALADE.

TIENS, ORAGE, C'EST UN CADEAU DE MA P... DE CÉLERI !
DE CÉLERI ? POURQUOI ?
PFFF. EN PLUS D'ÊTRE TOMBÉE AMOUREUSE D'UN SANS-POUVOIR, TU LAISSES LA PLACE À UNE AUTRE...
C'EST BIEN ! LA VÉRITÉ EST TOUJOURS BONNE À DIRE !
SNIRF... ET SINON, T'AS PAS REÇU UN AUTRE CADEAU ?
UN AUTRE CADEAU ? NON, C'EST LE PREMIER
ADIEUUUU ! BOUHOUHOU...
EUH... BYE...
POURQUOI LILA S'EST-ELLE MISE À PLEUR...
WOW ! HEY LAÏT !!! REGARDE ÇA !!!
C'EST UN LICORNE 3000... LE PORTABLE LE PLUS CHER À L'HEURE ACTUELLE...
CÉLERI EST TROP SYMPA !!
J'VAIS POUVOIR ME LANCER SUR MONSTER-TUBE POUR FAIRE DES VIDÉOS !
FACTURE
HEIN ?
LA FACTURE EST AU NOM DE LILA LILY ?
POURQUOI C'EST PAS AU NOM DE CÉLERI ?...

T'AS TOUJOURS PAS CAPTÉ DE QUI VENAIT LE CADEAU ?
BAH, SI ! J'SUIS PAS BÊTE.
C'EST DE CÉLERI...
... MAIS PAYÉ PAR LILA...
C'EST UN CADEAU À DEUX !
OH MON DÉMON... QU'IL EST CON...
ENFIN, C'EST SES HISTOIRES...
J'AVOUE QUE C'EST GENTIL DE LA PART DE CÉLERI, MAIS MON CŒUR PENCHE VERS LILA !
À LA BONNE HEURE...
NUIX !
DÉJÀ ? MAIS J'SUIS PAS FATIGUÉ, MOI !
OUI, BEN TU VAS DORMIR QUAND MÊME !
J'T'AI DÉJÀ PARLÉ DE MON COUSIN DE TRANSYLVANIE ?
M'EN FOUS !!
EN RÉALITÉ, IL EST PAS SI MÉCHANT... JE DIRAIS PLUTÔT INCOMPRIS...
LAÏT ! J'M'EN FOUUUUUS !!!

COMMENT ÇA, « OÙ EST LE CADEAU D'ORAGE » ?

UNE HISTOIRE DE COUP DE FLAMME

LE TRUC... C'EST QUE J'AI UN AMI QUI N'AURA PAS DE CADEAU POUR NOËL... SNIF !
ET ALORS ? ON NE FÊTE PAS NOËL CHEZ LES MONSTRES...
OUI, JE SAIS, MAIS CHEZ LUI, ÇA A L'AIR IMPORTANT, DONC...
DONC ?
DONC J'AIMERAIS LUI FAIRE PLAISIR, DAME BLANCHE !
OUI, OUI, JE COMPRENDS, LILA ! NE PLEURE PAS !!
ELLE EST BEAUCOUP TROP MIGNONNE...
HMMM... ÉCOUTE, LILA...
JE SAIS QUE, CHEZ LES HUMAINS, LE PLUS IMPORTANT, C'EST QUAND ON OFFRE SON CŒUR !
OFFRIR SON CŒUR ?
OUI, EXACTEMENT, EN TOUT CAS, À MON ÉPOQUE, C'ÉTAIT LE CAS !
TU L'AS DÉJÀ FAIT, DAME BLANCHE ?
OUII !! ET CE SAL... M'A TRAHIE ! IL EST PARTI AVEC LA BOULANGÈRE !!
HIII ! DAME BLANCHE, TU ME FAIS PEUUUR !
JE L'AI DONC RETROUVÉ, PUIS JE LUI AI COUPÉ SA
DAME BLANCHE !!

QU'EST-CE QUE JE FAIS ?
JE VAIS LUI OFFRIR !!
... ET DONC, STARCK ME VOIT, JE COMMENCE À COURIR, ET...
OH ! ENCORE UN CADEAU ?
CETTE FOIS, C'EST DE LILA. ET IL Y A ÉCRIT « QUE DE LILA ».
ÇA A LE MÉRITE D'ÊTRE CLAIR...
OOOW, DAMN ! CETTE ODEUR !!
UN CŒUR ?
UN CŒUR DE GOBELIN MÊME...
ET DONC, C'EST QUOI LE MESSAGE ?
AUCUNE IDÉE...
IL Y A UNE LETTRE AVEC...
CHER ORAGE. CONNAISSANT TRÈS BIEN TA CULTURE ET TES TRADITIONS, JE T'OFFRE CE CŒUR DE GOBELIN. D'APRÈS LA LÉGENDE, LES CŒURS DE GOBELINS ONT DES POUVOIRS DE GUÉRISON EN CAS DE RHUME MONSTRUEUX OU DE LÈPRE DE LA LICORNE. JE VOULAIS T'OFFRIR LE CŒUR D'UN ZOMBIE, MAIS JE TROUVAIS ÇA ÉCŒURANT. JOYEUX NOËL. LILA L.
QUI M'A VOLÉ MON CŒUR DE GOBELIN ?!

DEUX HEURES PLUS TARD...
ARF...
MERCI BIEN, LILA...
ZUUUT... ÇA N'A PAS L'AIR DE LUI AVOIR PLU...
BOUHOUHOUUUU...

LILA ! ORAGE A ÉTÉ COMBLÉ, J'IMAGINE ?
NON !
HIII ! LE CHÂTEAU PREND FEU !!!
COUREZ POUR VOS VIES !!
AH... C'EST POUR ÇA...
OUI, LILA, OFFRIR SON CŒUR, C'EST... AVANT TOUT LUI DÉCLARER TON AMOUR...
JE COMPRENDS MIEUX...
HEY, LILA ! ORAGE EST SORTI DU CACHOT ! TU VIENS ?
TU VOIS, TOUT FINIT PAR S'ARRANGER ! HI HI HI !
J'ARRIVE, CÉLERI !

L'HIVER EST LÀ...
HA HA ! VOUS NE PASSEREZ JAMAIS LA LIGNE MAGINAIRE !
C'EST LA LIGNE MAGINOT... BOUERG !
EUH... HUM... AHEM... ORAGE ?
JE SUIS VRAIMENT DÉSOLÉE POUR CE CADEAU RATÉ !
BOUHOUHOU...
EN FAIT...
EN FAIT, JE SUIS...
... AMOUREUSE DE TOI !!
ELLE... M'AIME AUSSI ?
ÉCOUTE, LILA ! C'EST GÉNIAL, JE... JE...
SNIRF...
JE NE SAIS PAS QUOI DIRE...
ORAGE... EUH...
HMM ?
EUH...
ÇA SENT LE CRAMÉ, NON ?

TRÈS TRÈS DURES À ÉTEINDRE, CES FLAMMES MAGIQUES...
À L'AVENIR, DAME LILA, CONTENEZ-VOUS, QUE DIABLE...
MERCI, DOC...
JE... SUIS VRAIMENT DÉSOLÉE, ORAGE !
ÇA SENT LE CRAMÉ, NAN ?
DAME LILA !!
LAÏTOFF ?
LILA ?

DOC ?
AUSSECOURS...

UNE HISTOIRE DE RETARD

TU PEUX GELER, LAÏTOFF ?
OUI, MAIS, À LA DIFFÉRENCE DE TOI, QUAND ON ME DÉCONGÈLERA, JE SERAI ENCORE VIVANT...
ÇA COMMENCE À SOUFFLER...
LILA EST SUR LE PONT DU JARDIN D'ENFER ?
ORAGEUUUH ! IL EN MET DU TEMPS !
JE COMMENCE À AVOIR FROID, MOI...
BRRRR...
OU ALORS, IL M'A POSÉ UN LAPIN...
J'ESPÈRE PAS...
FROOOOOSH...
QU...?

GRAB !
AAAAH !
HIIIIIIIIIIIIIIIIIIIIIIIIII...
T'AS ENTENDU ?
SNIF SNIF...
NON ! « ENTENDRE », LAÏTOFF ! AVEC LES OREILLES !
LILA !!
SNIF SNIF...
C'EST UNE ODEUR DE SANG, ÇA ?...
LILA !!

LIL...??
LILAAA !! OÙ ES-TU ??
IL Y A DES TRACES DE PAS !!
LILAAA !!
ON NE VOIT RIEN AVEC CE BLIZZARD ! HUK...
LA TEMPÊTE RECOUVRE TOUT !
LAÏTOFF, DÉPÊCHE-TOI !
C'ÉTAIT BIEN UNE ODEUR DE SANG...
SLURP !
C'EST BIEN LE SANG DE LILA...
SNIF SNIF SNIF...

BOUHOUHOU ! LES TRACES ONT DISPARU...
JE SAIS...
QU'EST-CE QU'ON FAIT, LAÏTOFF ?
ON PRÉVIENT LES ADULTES TOUT DE SUITE !!
LILA A ÉTÉ ENLEVÉE !!

UNE HISTOIRE DE REMISE EN QUESTION

ÇA VA, ORAGE ?
COMMENT VEUX-TU QUE ÇA AILLE ?!
MÊLE-TOI DE TES AFFAIRES, CASSIS !
OUPS !
EXCUSE-MOI...
UNE SALETÉ DE MONSTRE L'A ENLEVÉE !!
ORAGE, FERME-LA !!

?!!
LAÏTOFF ?!
D'OÙ IL ME DIT DE LA FERMER, LUI ?!
FAUT-IL QUE JE TE RAPPELLE QUE C'EST EN PARTIE DE TA FAUTE !
MA... FAUTE ?!
C'EST TOI QUI AS VOULU FAIRE ATTENDRE LILA SUR LE PONT !
QUI PLUS EST, JE T'AVAIS PRÉVENU QU'UNE TEMPÊTE AURAIT LIEU...
SI TU N'AVAIS PAS FAIT TA DIVA...
... TU SERAIS AVEC LILA À L'HEURE QU'IL EST...
ALORS CESSE DE FAIRE L'ENFANT, MON VIEUX...
... ET NE VA PAS TE VENGER SUR LES AUTRES...
QUOI ?!
MOI ?!

RETIRE CE QUE TU VIENS DE DIRE.
NON.
RETIRE-LE !!
COMMENT J'AURAIS PU LE SAVOIR ?!!
TU NE POUVAIS PAS.
TOUTEFOIS, TU RESTES PLUS RESPONSABLE DE SA DISPARITION QUE NOUS AUTRES...
ORAGE... D'UNE, NE PRENDS PAS LA GENTILLESSE POUR DE LA FAIBLESSE...
AÏE... QUELLE FORCE !
HEY ! LES GARÇONS ! CALMEZ-VOUS, VOYONS !
DE DEUX, CE N'EST PAS PARCE QUE TA MÈRE EST UNE SORCIÈRE QUE TU AS OU QUE TU AURAS DES POUVOIRS.
LA MAGIE N'EST PAS HÉRÉDITAIRE...
DONC, SANS POUVOIRS, ET AVEC CETTE FAÇON DE REJETER LA FAUTE SUR LES AUTRES...
... TU NE FAIS QUE METTRE EN LUMIÈRE TES PROPRES FAIBLESSES ET TON MANQUE DE RIGUEUR FACE À UNE SITUATION À RISQUE !

... ET DE TROIS...
ET LÀ, ORAGE, CE N'EST PAS UNE HISTOIRE DE POUVOIRS...
... TU ES LÂCHE !
ORAGE ! ATTENDS !
LAISSE-LE PARTIR, ANIS...
POURQUOI LUI AS-TU DIT TOUT ÇA, LAÏTOFF ?
PARCE QUE C'EST LA VÉRITÉ... ET TU LE SAIS...
OUHLALA... JE NE SUIS PAS LÀ...

L'ENLÈVEMENT DE LILA N'EST PEUT-ÊTRE PAS DE SA FAUTE, MAIS IL CACHE SA NULLITÉ DERRIÈRE SA COLÈRE.
IL DOIT PRENDRE CONSCIENCE QUE SES ACTES ENTRAÎNENT DES CONSÉQUENCES.
C'EST UN PAUVRE HUMAIN QUI DÉCOUVRE À PEINE NOTRE MONDE !
RAISON DE PLUS POUR QU'IL APPRENNE DE SES ERREURS...
SKRIIIIISHHH !...
LAÏTOFF, PARFOIS, TU ES VRAIMENT UN...
... VAMPIRE ?
NON !
TOUT LE MONDE N'A PAS EU 113 ANS POUR APPRENDRE À SE CONTRÔLER ÉMOTIONNELLEMENT...
TU PROUVES QUE, MALGRÉ TA LONGÉVITÉ...
... TU PEUX PARFOIS ÊTRE AUSSI GAMIN QU'UN HUMAIN DE ONZE ANS !
TU AS TORT, ANIS, JE FAIS ÇA POUR LUI...
TU SAIS, ANIS, LA FRUSTRATION N'EST PAS FORCÉMENT UNE MAUVAISE CHOSE... IL S'EN REMETTRA.
EUH... ANIS, PAR CONTRE...
JE NE VEUX PAS T'ENTENDRE !!
OK... TRÈS BIEN...
SALUT, ANIS !
WOAAH !
ATTENTION, MARONITO !

HEY ORAGE ! TU VAS OÙ ?
AH... ANIS ?
JE VAIS RETROUVER LILA !
SEUL !
LAISSE-MOI T'AIDER !
TU DEVRAIS REJOINDRE TON AMI LAÏTOFF, NON ?
ORAGE ! LE SOIR, LA TEMPÉRATURE DESCEND GRAVEMENT !
SEUL, TU RISQUES D'Y RESTER !!
JE VAIS JUSTE REGARDER S'IL N'Y A PAS DEUX OU TROIS INDICES ET JE REVIENS...
MAIS LA POLICE N'A ENCORE RIEN TROUVÉ !
OOW ! ATTENTION, LE GÉANT !
OHLALA !!
MOI, JE TROUVERAI DES INDICES.
ET PUIS, QU'EST-CE QUE ÇA PEUT TE FAIRE ? JE SUIS FAIBLE ET INUTILE...
HEIN ? C'EST BIEN CE QU'A DIT LAÏTOFF ?
HEY ?

ANIS ?! MAIS... T'ES UNE FILLE DEPUIS LE DÉBUT ?!
EUH... BAH OUI !
... ET TU TE TROMPES SUR LAÏTOFF ! CE N'EST PAS DANS CE SENS-LÀ QU'IL T'A DIT ÇA !
TU M'ATTENDS, HEIN ?! JE REVIENS TOUT DE SUITE !!
LA VIE EST PLEINE DE SURPRISES...
ELLE EST PLUTÔT MIGNONNE, EN PLUS !
BREF...

BRRR...
JE CROIS QUE JE SUIS PERDU...
AH NON !
LICE
PO
BRRR... ALORS, DES INDICES...
S'ILS N'ONT RIEN TROUVÉ, C'EST QU'ILS ONT DÛ RATER QUELQUE CHOSE !
AH ! SALETÉ DE VENT !

IL N'Y A RIEN...
ABSOLUMENT RIEN... BOUHOUUU...
LAÏTOFF A PEUT-ÊTRE RAISON...
JE NE SUIS PAS À MA PLACE ICI...
JE DEVRAIS RENTRER CHEZ MOI...
IL FAIT PLUS CHAUD QU'ICI DÉJÀ...
ET IL Y A MAMAN...
NOOOOOOON !!

PAS QUESTION QUE J'ABANDONNE LILA !
JE VAIS LA RETROUVER !
PUIS ON SORTIRA ENFIN ENSEMBLE !
J'AI PAS DE POUVOIRS ?! ET ALORS ?
J'M'EN FOUS SI ON NE M'ACCEPTE PAS !
LILA M'AIME, ELLE !!
ET JE VAIS TE RETROUVER ! JE LE JURE !!
HA HA...
JE ME SENS MIEUX !
HÉ HÉ... TOMBER ET SE RELEVER, C'EST ÇA...
... LE PLUS GRAND DES POUVOIRS...
FINALEMENT, IL N'EST PAS SI BÊTE QUE ÇA...
HUMPF... IL A BEAU ÊTRE COURAGEUX, IL N'EST PAS IMMUNISÉ CONTRE LA STUPIDITÉ...

ALLEZ MON VIEUX, JE TE RAMÈNE DANS TON LIT...
ON IRA SAUVER LILA QUAND TU SERAS DÉCONGELÉ...

UNE HISTOIRE DE CANALISATIONS

TRANQUILLE ?
C'EST ÇA QUE TU RECHERCHES DANS LA VIE ?
J'AI HUIT ANS, ALORS OUI !
BREF, PASSONS. LE SOIR DE L'ENLÈVEMENT, J'AI SENTI PLUSIEURS ODEURS À PROXIMITÉ DU PONT...
AH BON ? DEUX ODEURS ?
J'AI DIT **PLUSIEURS**... ENVIRON TROIS DISTINCTEMENT.
LE SANG DE LILA, UNE ODEUR DE POISSON AVARIÉ ET UNE AUTRE QUE JE NE SAURAIS DÉCRIRE...
UNE ODEUR ÂCRE, SOMBRE, QUI SENTAIT LA MAGIE NOIRE À PLEIN NEZ...
TU VEUX QUE L'ON RETROUVE LILA À NOUS DEUX, MAIS C'EST TRÈS RISQUÉ... SI ÇA SE TROUVE, IL Y A PLUSIEURS MONSTRES...
LILA EST UNE MAGICIENNE PUISSANTE... SI ELLE S'EST FAITE AVOIR, C'EST QUE LE OU LES MONSTRES NE SONT PAS DE TON NIVEAU, ORAGE !
VOYONS, LAÏT ! J'AI BEAUCOUP DE COURAGE !
AUX CHIOTTES, LA MAGIE NOIRE !
ÇA NE VA PAS SUFFIRE...
AH...
M'ENTRAÎNER ?
OUI, TU SAIS, COMME DANS **KARATÉ KID** !
CONNAIS PAS...
KARATÉ KID ?! C'EST UN CLASSIQUE CHEZ LES HUMAINS ! LES ANNÉES 80, ORAGE !
MAIS JE SUIS NÉ EN 2007...
ICI ?
OUI, C'EST LÀ QUE MÈNENT LES ODEURS...

MAIS C'EST LES ÉGOUTS DE L'ÉCOLE, NON ?
EXACT...
BEURK...
BON... QUAND FAUT Y ALLER...
ALLONS PRÉVENIR LES ADULTES...
QUOI ? MAIS NON, ATTENDS !
LAÏTOFF, S'IL TE PLAÎT !
ALLONS VOIR, AU MOINS !
ET SI ON TOMBE SUR LE MONSTRE ?
C'EST STUPIDE ! RENTRONS !
LAÏTOFF !!!

JE NE PEUX PAS FAIRE ÇA !
C'EST DE MA FAUTE POUR LILA... SNIF...
JE VEUX ABSOLUMENT RÉGLER ÇA !
JE VEUX VRAIMENT LA SAUVER, JE SAIS QUE JE SUIS FAIBLE, MAIS...
... BIENTÔT, TRÈS BIENTÔT, JE SERAI FORT !
AH OUI ?
SI ON TOMBE SUR UN MONSTRE, C'EST TOI QUI T'EN OCCUPES...
OK... SNIF...
ALLEZ, VIENS, LE PLEURNICHARD... LILA NE VA PAS ATTENDRE 107 ANS...
ET PUIS... SI ON LA SAUVE... TU NE SERAS PAS LE SEUL À DEVENIR UN HÉROS... HIN !
DÉPÊCHE-TOI, J'AI BIENTÔT PLUS DE SANG DANS MA POCHE...
SNIRFF !
C'EST GLAUQUE...
TU CONNAIS DES ÉGOUTS ATTRAYANTS, TOI ?

C'EST PAR LÀ...
HEY ! IL Y A MÊME DES LUMIX, ICI, HA HA !
PEUT-ÊTRE QU'ELLES ONT VU PASSER LE MONSTRE, TU CROIS PAS ?
LES LUMIX SONT DES ÂMES DE LUMIÈRE... ELLES N'ONT NI SOUVENIRS, NI ATTENTES, ELLES SE PROMÈNENT JUSTE DANS LE VASTE MONDE...
TIENS, JE SENS UNE ODEUR PAR LÀ !
C'EST PAR ICI...
C'EST DINGUE QUE TU ARRIVES À TE REPÉRER À L'ODEUR...
JE SAIS...
J'ESPÈRE QUE TU TE RAPPELLERAS DU CHEMIN POUR RENTRER...
SNIF
SNIF
MOI, JE NE SENS ABSOLUMENT RIEN !

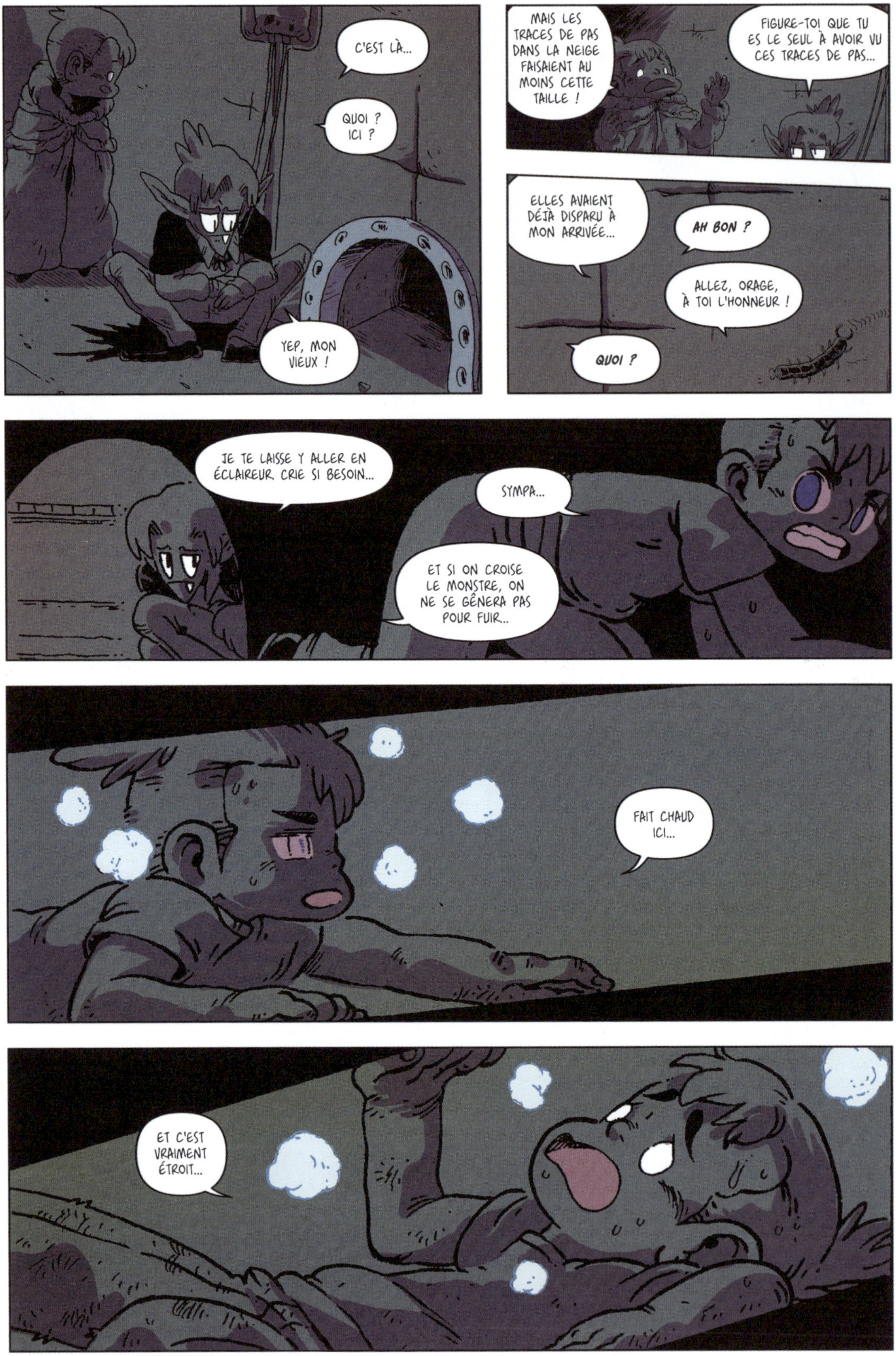
C'EST LÀ...
QUOI ? ICI ?
YEP, MON VIEUX !
MAIS LES TRACES DE PAS DANS LA NEIGE FAISAIENT AU MOINS CETTE TAILLE !
FIGURE-TOI QUE TU ES LE SEUL À AVOIR VU CES TRACES DE PAS...
ELLES AVAIENT DÉJÀ DISPARU À MON ARRIVÉE...
AH BON ?
ALLEZ, ORAGE, À TOI L'HONNEUR !
QUOI ?
JE TE LAISSE Y ALLER EN ÉCLAIREUR. CRIE SI BESOIN...
SYMPA...
ET SI ON CROISE LE MONSTRE, ON NE SE GÊNERA PAS POUR FUIR...
FAIT CHAUD ICI...
ET C'EST VRAIMENT ÉTROIT...

UNE LUMIÈRE ?
UNE BOUCHE D'AÉRATION ! JE RESPIRE ENFIN !
SÉOUSSA ?!
ARGH !
GO ! JE CONTINUE...

HEY ! MAIS...
C'EST DE LA CIRE, NON ?
IL Y EN A PLEIN ICI...
J'ARRIVE, LILA...
WOAAAAH !!!
BEURK...

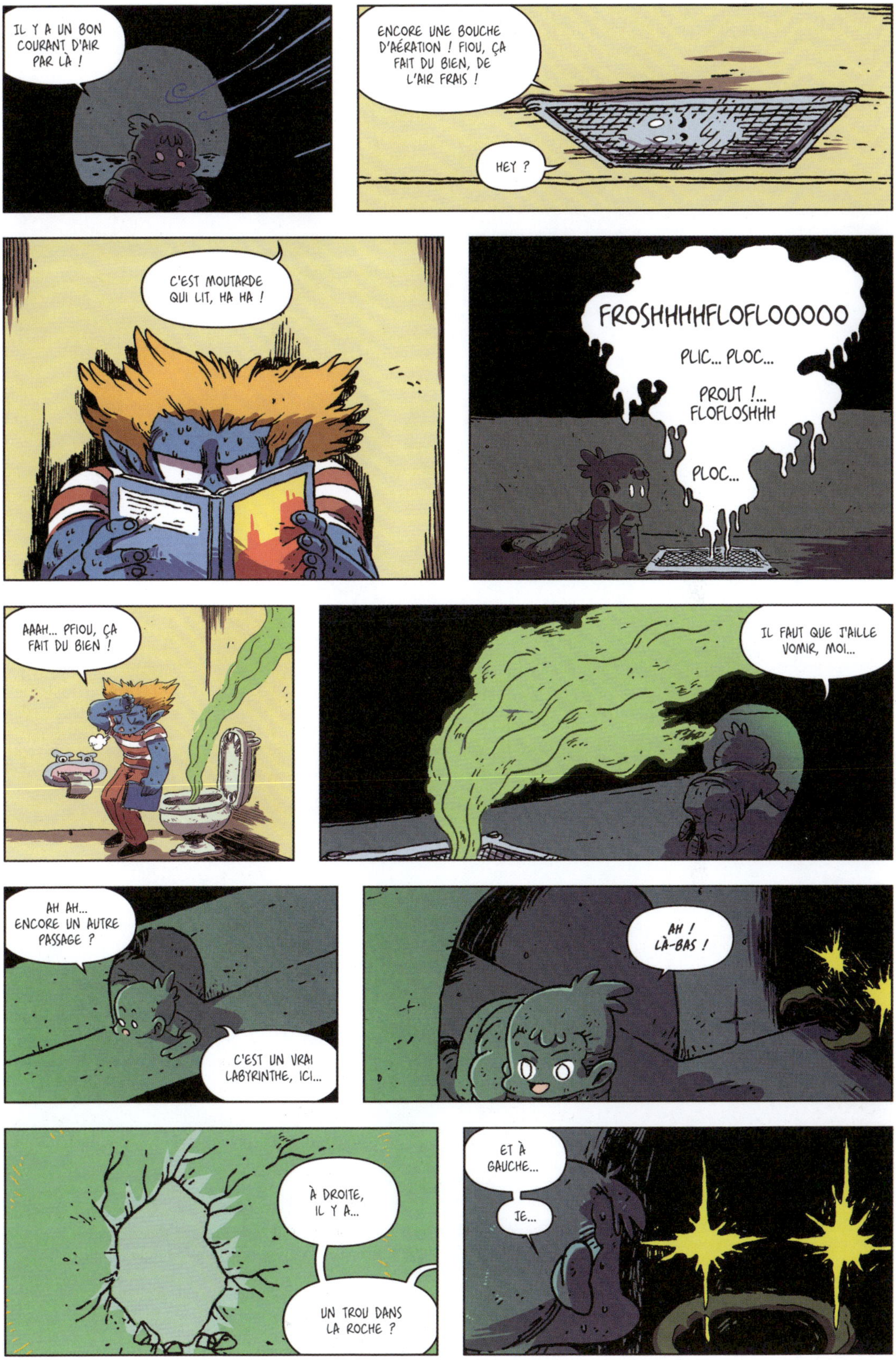
IL Y A UN BON COURANT D'AIR PAR LÀ !
ENCORE UNE BOUCHE D'AÉRATION ! FIOU, ÇA FAIT DU BIEN, DE L'AIR FRAIS !
HEY ?
C'EST MOUTARDE QUI LIT, HA HA !
FROSHHHHFLOFLOOOOO
PLIC... PLOC...
PROUT !... FLOFLOSHHH
PLOC...
AAAH... PFIOU, ÇA FAIT DU BIEN !
IL FAUT QUE J'AILLE VOMIR, MOI...
AH AH... ENCORE UN AUTRE PASSAGE ?
C'EST UN VRAI LABYRINTHE, ICI...
AH ! LÀ-BAS !
À DROITE, IL Y A...
UN TROU DANS LA ROCHE ?
ET À GAUCHE...
JE...

WOOAAAH !!

MAIS JE TE JURE !!
UN MILLE-PATTES GÉANT DANS LES CANALISATIONS DE BOUHLAND ?
OUI !
DONC, TU N'AS RIEN TROUVÉ ?... FINALEMENT, JE ME SUIS PEUT-ÊTRE TROMPÉ...
NON, NON ! J'AI TROUVÉ UNE CAVERNE !
TU M'AS DIT UN TROU DANS LA ROCHE, ÇA POURRAIT ÊTRE N'IMPORTE QUOI...
VIENS AVEC MOI LA PROCHAINE FOIS, ALORS !
ÉCOUTE ORAGE, IL Y A TRÈS PEU DE CHANCES QUE CETTE PISTE SOIT VIABLE...
POURQUOI ?
C'EST TRÈS SIMPLE...
TU VOIS CES GRILLES ? ELLES SONT MAGIQUES...
AUCUN MONSTRE NON AUTORISÉ NE PEUT LES FRANCHIR...
ET, REGARDE, ELLES SONT INTACTES...
AH BON ?
ET SI LE MONSTRE POUVAIT LES FRANCHIR ?

ALORS ON N'AURAIT AUCUNE CHANCE DE SAUVER LILA, CAR CE MONSTRE SERAIT BIEN TROP FORT POUR NOUS...

UNE HISTOIRE DE NUIT

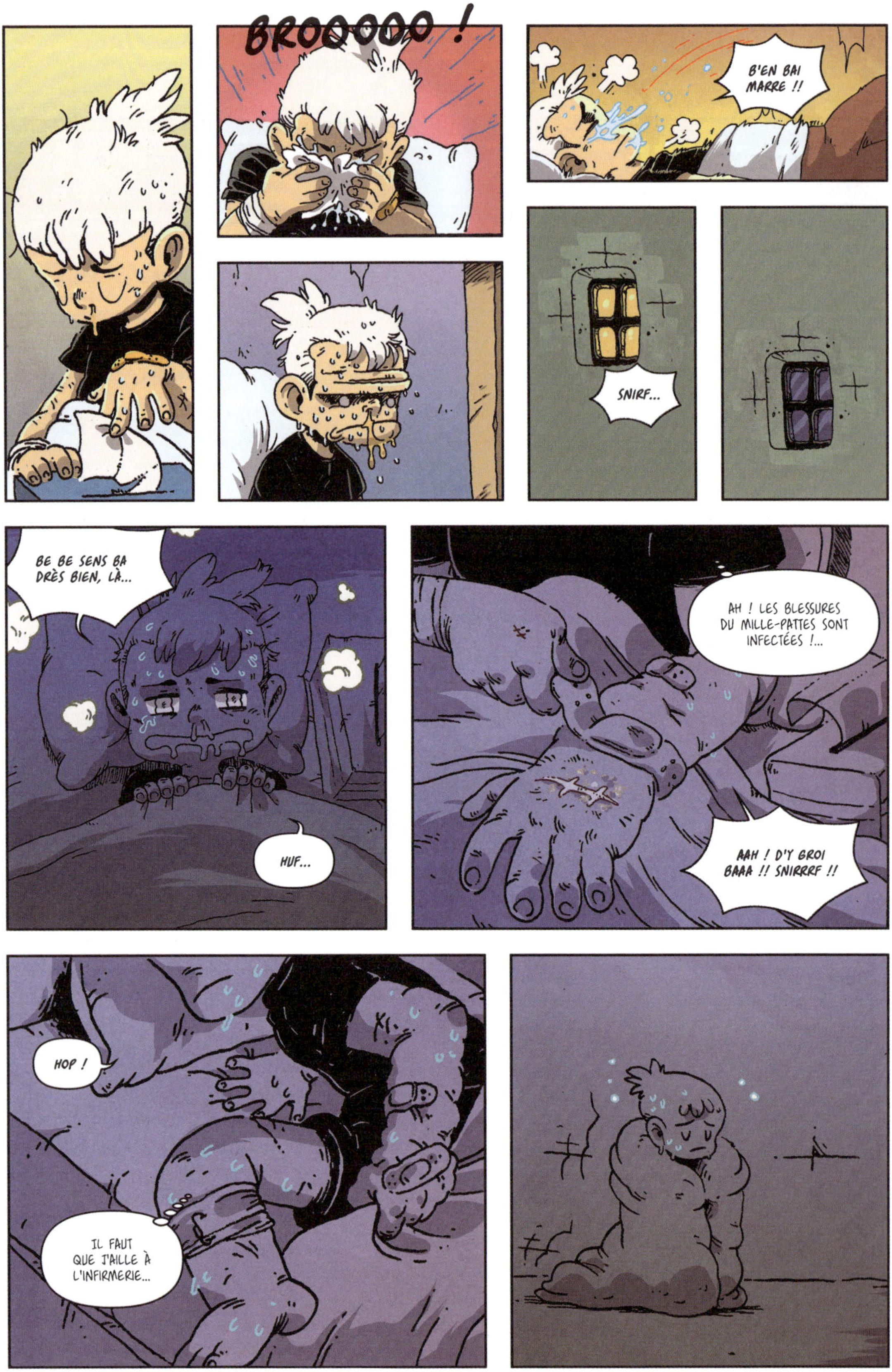
BROOOOO !
B'EN BAI MARRE !!
SNIRF...
BE BE SENS BA DRÈS BIEN, LÀ...
HUF...
AH ! LES BLESSURES DU MILLE-PATTES SONT INFECTÉES !...
AAH ! D'Y GROI BAAA !! SNIRRRF !!
HOP !
IL FAUT QUE J'AILLE À L'INFIRMERIE...

ÇA SERAIT BÊTE DE MOURIR...
... ALORS QUE J'AI PAS ENCORE RETROUVÉ LILA...
ET DEPUIS QUE LAÏTOFF EST PARTI À LA BIBLI, JE ME SENS TELLEMENT...
... SEUL...
HIIIIIIIIIII !!
C'ÉTAIT QUOI, ÇA ?!
UN CRI ?
TAP...
TAP...
SNIRF...
TAP...
TAP...
TAP...
DES BRUITS DE PAS ?...
TAP...
TAP...
J'COMMENCE À FLIPPER, LÀ...

TAP...
TAP...
TAP...
TAP...
TAP...
HUF... HUF...
CASSIS !
PFFF... DOUT ÇA BOUR ÇA ! SNIRF !
MON COLOC EST INSOMNIAQUE, ET MAINTENANT, IL Y A UNE SOMNAMBULE !
AAA... TCHÂ !
BONK !

OUB'S... DÉSOLÉ...
C'EST QUEL PROF ?
EN TOUT CAS, JE NE LE CONNAIS PAS ENCORE !
KESSEUSSÉKSA ?
JE ME SENS TOUT BIZARRE...
IL A PAS L'AIR COMMODE...
HEY, MAIS... CES YEUX...
LES MÊMES YEUX JAUNES QUE SOUS LE LIT !!
C'EST BAS UN BROF !!

IL EN A APRÈS CASSIS !
AU SEGOUUUUURS !
BOM
BOM
BOM
À L'AAAAIBE !

BOM
BOBOM
BOM
D'IL BOUS BLAAAÎT !!
BOM
BOM
BOM
C'EST QUOI, CE BRUIT ?
BOM
BOM
C'EST MON CŒUR QUI BAT ?
BOBOM
BOM
BOM
BOM
BOM
BOM
BOM
BOBOM

JE NE SENS PLUS RIEN...
ÇA S'EST... ARRÊTÉ...

ZWIIING !

SHRAP !
NYAAAAAAARH !!

ORAGE ?
TU M'ENTENDS ?
J'SUIS MORT ?
AHEM...
PAS ENCORE...
WOAH !! M'SIEUR CURCUMA !!
COMMENT VAS-TU ?
QUE S'EST-IL PASSÉ ICI ?
JE...
PRENDS TON TEMPS...
PAS TROP QUAND MÊME...
NOUS AVONS TROUVÉ DU SANG VERT PAR TERRE...
SAIS-TU QUI A ÉTÉ BLESSÉ ?

DÉSOLÉ, JE NE ME RAPPELLE PAS GRAND-CHOSE, M'SIEUR...
...
JE ME SOUVIENS JUSTE D'UNE OMBRE QUI A EMPORTÉ CASSIS...
COMMENT ?!
UNE AUTRE ÉLÈVE A ÉTÉ ENLEVÉE ?!

NOUS DEVONS PROTÉGER LES ÉLÈVES !
VERROUILLEZ BOUHLAND !
ZUT !
J'AI ENCORE ÉTÉ NUL !! GRRR...
JE DOIS DEVENIR PLUS FORT.
SNIRF
SNIRF
OH ? IL SEMBLERAIT QUE LE COUP DE POING DU MONSTRE M'AIT DÉBOUCHÉ LE NEZ !
SNIRF

UNE HISTOIRE QUI TOMBE À L'EAU

MOI !
LAISSEZ-MOI M'OCCUPER DE RETROUVER LES ENFANTS...
STARCK...
BOUHLAND EST LA SEULE ÉCOLE MAGIQUE MIXTE. SI NOUS RENVOYONS LES ÉLÈVES CHEZ EUX...
IL EN EST HORS DE QUESTION !
STARCK A RAISON...
...
CETTE ÉCOLE S'EFFORCE...
.. DE TOUS NOUS RÉUNIR..
NOUS AVONS RÉUSSI À DÉPASSER TOUT ÇA...
CETTE ÉCOLE EXISTE POUR QU'IL N'Y AIT PLUS JAMAIS DE GUERRE !
STARCK, TU AS LE CHAMP LIBRE...
LA SÉANCE EST LEVÉE.

C'EST JUSTE UN TROU DANS UN PLANCHER, ORAGE...
HMMM... C'ÉTAIT LES MÊMES YEUX, MAIS SA TÊTE EST BEAUCOUP TROP GROSSE POUR PASSER DANS CE TROU...
HMPF...
JE T'AI DÉJÀ DIT, LA NUIT ON DORT, ON NE TRAÎNE PAS DANS LES COULOIRS !
BEUH... J'ÉTAIS MALADE, MAMAN ! ET JE ME SUIS JUSTE ÉVANOUI, C'EST RIEN !
TATATA...
BON ! JE VAIS TE LAISSER, MAMAN, JE DOIS ALLER ME LAVER.
TATATA ! TU NE ME RACCROCHES PAS AU NEZ, ORAGE !
DEPUIS QUAND TU TREMBLES DES MAINS ?...
HEIN ?
TU TREMBLES DES MAINS ?
C'EST RIEN, MAMAN... JE SUIS JUSTE FATIGUÉ...
ÉCOUTE ORAGE, DANS NOTRE FAMILLE, QUAND ON TR...
BIP !
AH... ELLE ME SAOULE...
TU LUI AS RACCROCHÉ AU NEZ ?
YEP, ÇA AURAIT DURÉ DES PLOMBES...
TU NE LUI AS PAS PARLÉ DU MONSTRE ET DES ENLÈVEMENTS NON PLUS...
POUR NE PAS L'INQUIÉTER...
HIN...

ATTENDS, LAÏTOFF !...
QU'Y A-T-IL ?
IL FAUT QUE JE PASSE AUX TOILETTES, JE TE REJOINS...
ÇA ROULE !
POURQUOI JE N'ARRIVE PAS À ME RAPPELER CETTE NUIT...
JE NE ME SOUVIENS VRAIMENT DE RIEN À PART CES GRANDS YEUX JAUNES...
ORAAAGE !
HUM ?
C'ÉTAIT LA VOIX DE...
ORAAAGE, AIDE-MOI !
LILA ?!
C'EST TOI ?!

LILA, JE SUIS LÀ !!
OÙ ES-TU ?!!
LILA ?
TU ES DANS LES TOILETTES ?
LILA ?
DANS LA BOUCHE D'AÉRATION ?
J'ARRIVE, LILA !
WOW ! SI TU POUVAIS LA FERMER, AUSSI !
CHIBY ?!

ET ME VOILÀ REPARTI POUR UN TOUR...
C'EST VACHEMENT HAUT !
WOUAAAH !!

HURK !
PAS ENCOOOORE !!
BOONK !
COUIC...
PLOUUF !
DE L'EAU ?
J'AI EU DE LA CHANCE, ON DIRAIT !

PWAAAAH !
HEH ?
MARVELLA, TU ME TROUVES COMMENT ?
MONSTRUEUSE...
OOW ! MERCI BEAUCOUP !
BAIN DES FILLES
JE SUIS MAUDIT...
T'ES AU COURANT ?
DE ?
DEMAIN SOIR, IL Y A B2OS, QUI FAIT UN CONCERT À BOUHLAND !
SÉRIEUX ? C'EST TROP COOL !
T'AS PAS SENTI UN TRUC DANS L'EAU ?
HMM... NON.
J'AI DÛ RÊVER
ET POUR COURONNER LE TOUT, ON VOIT QUE DALLE DANS CETTE EAU !...
POUM !

QU... QUELQUE CHOSE M'A TOUCHÉ LES FESSES...
ÇA DOIT ENCORE ÊTRE RICHARD !!!
DE TROISIÈME ANNÉE ?
IL PASSE SON TEMPS À NOUS ÉPIER ! GRAOU !
CETTE FOIS, IL VA FINIR À L'INFIRMERIE !!!
MEURS !!
BWAAARH !!
HUF...
HUF...
HUF...
J'AI EU CHAUD ! HUF...

MEC MAUDIT.
UNE MINUTE, ORAGE !
IL FAUT QU'ON PARLE...
JE SAIS QUE TU ES À LA RECHERCHE DE LILA !
BEUH... NON, MÊME PAS ! JE...
C'EST LAÏTOFF QUI ME L'A DIT, ALORS PAS BESOIN DE MENTIR ! IMBÉCILE !
AH, OK...
JE PEUX VOUS ÊTRE UTILE !
CETTE SALETÉ DE MONSTRE A ENLEVÉ MA MEILLEURE AMIE, JE VAIS LUI FAIRE PAYER !
LILA ? C'ÉTAIT TA MEILLEURE POTE ?
CASSIS, ABRUTI !
ÇA ME PLAÎT PAS TROP QU'ELLE SOIT AVEC NOUS, ELLE EST CHIANTE...
MAIS BON...
AU MOINS, ELLE EST FORTE !
OK ! ON VA RETROUVER CASSIS ET LILA !!

BONJOUR, MADAME STARCK.
QUOI ?

UNE HISTOIRE DE PIERRE

LA GUERRE PRIT FIN SANS VÉRITABLE GAGNANT...
LA LÉGENDE RACONTE QU'UN MONSTRE MIT LA MAIN SUR LA PLUS GROSSE PIERRE DE L'OUBLI JAMAIS VUE...
... ET QU'IL DEVINT FOU ET SE TUA PEU APRÈS...
C'EST BIEN SÛR UNE LÉGENDE, RIEN N'INDIQUE QUE QUELQU'UN AIT RÉELLEMENT TROUVÉ CETTE PIERRE.
CARRÉMENT... ET DONC, OÙ SE TROUVENT LES PIERRES DE L'OUBLI, MAINTENANT ?
...
PERSONNE N'EN SAIT RIEN...
AH BON ?
PERSONNE DE VIVANT, EN TOUT CAS.
C'EST GLAUQUE...
TU TREMBLES ENCORE...
OUI... C'EST MÊME PIRE QU'AVANT...
JE ME SENS VRAIMENT BIZARRE DEPUIS QUE JE SUIS TOMBÉ SUR LE MONSTRE AUX YEUX JAUNES.
JE ME SENS FATIGUÉ, ET J'AI TENDANCE À OUBLIER PLEIN DE CHOSES...
COMME TES AFFAIRES D'HISTOIRE CE MATIN ?
OUI, VOILÀ ! C'EST GRAVE, TU PENSES ?
HMM...
ME REGARDE PAS COMME ÇA !
DÉSOLÉ, MON VIEUX...

QUE DIRAIS-TU D'ALLER AU CONCERT ?
UN CONCERT DE ?
C'EST CURCUMA QUI L'A ORGANISÉ POUR NOUS CHANGER LES IDÉES.
COOL !
POUM TCHACK !
POUM !
POUM POUM !
ET DONC, TU PENSES QUE CE MONSTRE QUI A TROUVÉ LA PIERRE DE L'OUBLI EST LE CROQUEMITAINE ?
NON, PAS DU TOUT, JE DIS JUSTE CROQUEMITAINE POUR PLAISANTER...
AH...
ÇA, C'EST ENCORE UNE AUTRE LÉGENDE, MON CHER ORAGE...
POUM TCHACK !
POUM POUM !
TCHAK !
HEY LE SANG ?!
VOUS ÊTES PRÊTS ?
C'EST MON NOUVEAU HIT, LE SANG !
HIIIII ! BROSSS !
WHOUAAAH !!
AAAH !!!

YEAH YEAH !
POUR MES MONSTRES QUI BRISENT DES OS, QUI MANGENT DES HUMAINS, QUI SONT PAS DÉSO, ET QUI MANGENT PAS DE PAIN !
WAI WAI WAI !! VOUS KIFFEZ ?!
B2OS
C'EST VRAIMENT NUL...
ON VA P'TÊT' PAS S'ÉTERNISER ?...
PARLE POUR TOI, LAÏTOFF...
C'EST À TA DEMANDE QUE JE SUIS LÀ...
D'AILLEURS, JE T'AI FAIT UNE LISTE DES ÉLÈVES LES PLUS FORTS DE BOUHLAND !
HMMM... JE VOIS, JE VOIS...
ÇA NE VA PAS LE FAIRE, MYRTILLE!
VOIS-TU... TOUS LES ÉLÈVES SUR CETTE LISTE SONT CERTES TRÈS FORTS !...
MAIS...
JE CHERCHE À FORMER UNE ÉQUIPE OÙ CHACUN PEUT INTERAGIR...
LE BUT N'EST PAS DE RÉUNIR LES PLUS FORTS, MAIS LES PLUS À MÊME DE COOPÉRER DANS N'IMPORTE QUELLE SITUATION...

ET C'EST POUR ÇA QUE NOUS SOMMES ICI !
L'ÉCOLE ENTIÈRE ÉTANT RÉUNIE, NOUS N'AURONS AUCUN MAL À NOUS TROUVER DES ALLIÉS POUR NOUS AIDER !
SUR CE...
... AU TRAVAIL, LES AMIS !
AFFRONTER DES DANGERS ? NON MERCI, MYRTILLE...
MES QUALITÉS POUR SAUVER UNE FILLE ?
JE COMPRENDS PAS...
LAISSE TOMBER, MEC !
NON !
MEUH... J'AI ENCORE RIEN DIT !
MOI, JE VEUX BIEN !
ON PREND PAS LES NULLOS !
RÉSULTAT DES COURSES ?
RIEN...
PAREIL, C'EST TOUTES DES FLIPETTES, CES MONSTRES !
HEUREUSEMENT QUE MOI, JE BOSSE... RAHLALA...
AH BON, TU NOUS AS DÉGOTÉ QUI ?

MICH !
ON VA SAUVER LA P'TITE BOUGIE ET LA BELLE BLONDE !!
ET ANIS !
SALUT !
ALLONS-NOUS METTRE À L'ÉCART POUR DISCUTER...
BEUH...
C'EST TOI LE CHEF, LAÏT ?
NON, C'EST MOI, ÉVIDEMMENT !
IL NOUS EMMÈNE PLUTÔT LOIN, LE LAÏTOFF, HEIN ?
CHEF, ON EST BIENTÔT ARRIVÉS ? J'AIMERAIS BIEN VOIR LA FIN DU CONCERT, MOI !
NE M'APPELLE PAS COMME ÇA, MICH !
VOILÀ, C'EST PARFAIT ICI !
HMM...
J'AI L'IMPRESSION DE FAIRE PARTIE D'UNE SECTE !
CETTE ÉQUIPE N'A QU'UNE SEULE MISSION : RETROUVER LILA ET CASSIS !
ET POUR CE FAIRE, NOUS ALLONS UTILISER CE POUR QUOI NOUS SOMMES LES MEILLEURS...

MICH AURA LE RÔLE DE L'ÉCLAIREUR !
LA CLASSE !
IL EST SILENCIEUX ET DISCRET, SA CONDITION DE FANTÔMET LUI PERMET DE TRAVERSER LA MATIÈRE.
TU SERAS NOTRE AVANT-GARDE.
ANIS S'OCCUPERA DE L'ARRIÈRE-GARDE.
ÉLEVÉE EN ÉGYPTE, DANS LES LABYRINTHES DES PYRAMIDES, ELLE EST À MÊME DE NOUS AIDER À RETROUVER NOS AMIES.
YEAH !
ELLE SERA NOTRE PETIT POUCET ET SON RÔLE SERA DE TOUJOURS NOUS INDIQUER LE CHEMIN DU RETOUR !
LA CHAAAANCE...
CLAP CLAP
MYRTILLE ! DERNIÈRE DESCENDANTE D'UNE GRANDE FAMILLE DE MAGICIENS, ELLE SERA NOTRE FORCE DE FRAPPE !
ELLE EST SANS CONTESTE LA PLUS PUISSANTE DE CETTE ÉQUIPE.
SI UN CLOU DÉPASSE, C'EST ELLE QU'IL FAUT PRÉVENIR EN PREMIER.
ROHLOLO, ILS SONT BIEN TROP STYLÉS, CES COMPAGNONS !
ET MOI, JE VAIS SERVIR À QUOI ?

VOILÀ, EN GROS...
ET ORAGE, IL NOUS SERT À QUOI ?
OUI, MOI, JE SERS À QUOI, LAÏT ?
AH ! ORAGE, C'EST NOTRE ARME SECRÈTE !
TU VIENS DE L'INVENTER, AVOUE !
MEUNON PADUTOU !
QUANT À MOI, JE SERAI LE STRATÈGE !
LE CERVEAU DE L'ÉQUIPE, QUOI !
JE VAIS ME PROCURER UN PLAN DE L'ÉCOLE, ET EN AVANT LES RECHERCHES !
ON SE FOUT DE MOI...
EN TOUT CAS, MOI, ÇA ME VA !
COMPTEZ SUR MOI !
MAIS...
... JE N'AI VRAIMENT PAS DE RÔLE...?

QUE JE SUIS BÊTE !!
BIEN SÛR QUE J'AI UN RÔLE À JOUER !!
À MOI DE MONTRER DE QUOI JE SUIS CAPABLE !!

UNE HISTOIRE DE MISSION (1)

TU STRESSES PAS UN PEU TROP, LÀ ?
BEUH... J'VAIS DIRE QUE JE ME SENS PAS BIEN...
MADAME ! J'AI TRÈS MAL AU VENTRE, JE PEUX SORTIR ?
FAIS DONC, MYRTILLE.
MINCE...
BON, ALLEZ, À MOI...
MADAME, MES BANDAGES SE DÉFONT !
ARGH ! ELLE M'A PRIS DE VITESSE !
BIEN, ANIS, ON SE VOIT EN DEUXIÈME HEURE !
TU SORTIRAS AVANT MOI, ORAGE, OK ?
HMMKÉ...
POUM !
C'EST MICH ? ÇA VA ÊTRE QUOI, SA TECHNIQUE POUR S'ÉVADER ?

WOAH !
ÉVIDEMMENT, IL SE DÉMATÉRIALISE !! PFFF... TROP FACILE !
ÇA VA ÊTRE À TOI...
JE SAIS...
EUH... MADAME STARCK ?
KESSTUVEUXTOA ?
AHEM...
BAH, PARLE ! KESSKYA ?!
JE... AHEM...
TU VEUX QUITTER MON COURS ?
JE PEUX ?
IL A DIT « JE PEUX » ?
OUI...
BOM !

C'EST BON, ON PEUT Y ALLER
AU MOINS, STARCK NE L'A PAS TUÉ...
IL ENCAISSE BIEN LES CHOCS...

UNE HISTOIRE DE MISSION (2)

QUOI QU'IL ARRIVE, ON SE RETROUVE ICI DANS UNE HEURE, C'EST BIEN COMPRIS ?
OUI, CHEF !
...
COMMENT VONT-ILS FAIRE POUR RETROUVER LEUR CHEMIN SANS LE BANDAGE D'ANIS ?
CONCENTRE-TOI SUR LA MISSION, ORAGE !
TU VAS TROP VITE, MICH !
METTEZ-Y UN PEU DU VÔTRE, ALORS ! HIN !
JE PARS EN ÉCLAIREUR !
NON, ATTENDS !
ARF...

PFIOU... JE VAGABONDE, MAIS C'EST CREVANT...
J'VAIS P'TÊT' PRENDRE DES RACCOURCIS...
C'EST À ÇA QUE JE SERS, EN MÊME TEMPS.
HOP !
ÇA FAIT UNE HEURE QU'ON LE CHERCHE...
SALETÉ DE FANTÔME... AU MOINS, DANS SON CAS, IL FINIRA PAR RETROUVER L'ÉCOLE...
YEP...
RAH ! IL M'ÉNERVE !
CONTINUONS !
FAIS GAFFE, ANIS !
AÏEUH ! TOI, FAIS GAFFE !
ON VA DEVOIR PASSER PAR LÀ !
BOUAIP... ÇA A L'AIR DÉGOÛTANT...

ÇA L'EST...
JE GROIS QUE J'EN AI AVALÉ ! BEURK...
IL Y A BEAUCOUP DE COURANT !
OUI, RESTONS SUR NOS GARDES !
QUELQUE CHOSE M'A FRÔLÉE !
COMMENT ÇA ?
FROOOOOOSH !!
ANIS !!?
ANIIIIIISSEUUUUUH !!
T'ES OÙ ?!
TU ME FAIS PAS UNE BLAGUE, J'ESPÈRE ?!!

FROOOOOSH !!
C'EST PAS UN PETIT MILLE-PATTES QUI VA ME FAIRE PEUR ! KOF !
CHEZ MOI, ON EN PREND AU P'TIT DÉJ' !
AU... P'TIT DÉJ' ?
C'EST QUOI, CE BRUIT ?
AUCUNE IDÉE...
FROSHLLLOSHOOOLOLOLO

PROUT.

SAUVE-TOI, ORAGE !
JE M'EN OCCUPE !
OUHLALA,
ÇA CHAUFFE !
ANIS EST FORTE, ELLE
N'A PAS BESOIN DE M...
ARGH !

TU ES FAIBLE, ORAGE !
FAIBLE !
JE...
... NE...
... SUIS PAS...

... FAIBLE !

UNE HISTOIRE DE BASE

L'ÉCOLE A ÉTÉ CRÉÉE IL Y A 3000 ANS ET CETTE BATAILLE EST ENCORE ANTÉRIEURE...
TU PENSES ?
TOUJOURS... TU DEVRAIS ESSAYER !
QUOI ?!
WOAAAH !
IL Y A CARRÉMENT UNE BASE SECRÈTE SOUS NOTRE ÉCOLE ! C'EST DINGUE !
ON EST DE VRAIS ARCHÉOLOGUES ! ON VA ÊTRE CÉLÈBRES !

BLOUP
BLOUP
BLOUP
BWAAARF !!
ORAGE !
HUF HUF ! LAÏT ? MYRTILLE ? AIDEZ-MOI ! ANIS A ÉTÉ BLESSÉE !!
COMMENT ÇA, MICH A DISPARU ? IL A AUSSI ÉTÉ ENLEVÉ, CET ABRUTI ?!!
C'EST EMBÊTANT... CELA DIT, L'ÉTAT D'ANIS N'A PAS L'AIR CRITIQUE...
ELLE A AFFRONTÉ DES MILLE-PATTES TOUTE SEULE !
POURQUOI TU NE L'AS PAS AIDÉE, IMBÉCILE ?
TOUT EST DEVENU NOIR, ET JE ME SOUVIENS SEULEMENT...
...
... QU'UN FORT COURANT NOUS A EMPORTÉS ET J'AI TOUT FAIT POUR REMONTER À LA SURFACE...
EN TOUT CAS, RECRUTER MICH ÉTAIT UNE MAUVAISE CHOSE ! IL NOUS A LÂCHÉS !
ATTENDONS D'AVOIR SA VERSION AVANT DE LE JUGER !

ORAGE, SUIS-MOI !
C'EST QUOI, CET ENDROIT, EN FAIT ?
C'EST CE QUE L'ON VA DÉCOUVRIR...
TU NE TE RAPPELLES VRAIMENT DE RIEN ?
NOIR COMPLET...
PUIS, EN REPRENANT CONSCIENCE, J'ÉTAIS SOUS L'EAU AVEC ANIS DANS MES BRAS...
ON VA DEVOIR DÉCOUVRIR CE QU'IL T'ARRIVE...
C'EST PAS CE QUE LES ADULTES APPELLENT LA PUBERTÉ ?
HMPF... JE PENSE PAS, NON...
AH !
ENFIN ! J'COMMENÇAIS À ME VIDER DE TOUTE MON ÉNERGIE !
ERH... OÙ EST ORAGE ?
T'INQUIÈTE, IL EST TOUJOURS VIVANT. HÉLAS !
NON, MYRTILLE ! TU NE COMPRENDS PAS !
ORAGE EST DANGEREUX !
CE NUL ? DANGEREUX ?

JE CROIS QUE... J'AI TROUVÉ QUELQUE CHOSE !
ORAGE...
JE CROIS QUE J'AI TROUVÉ CE QU'IL T'ARRIVE...
C'EST LA PUBERTÉ ?
NON...
LAÏTOFF ! LE NUL !! VENEZ !!
AAAH ! ANIS !
ÇA FAIT PLAISIIIR !
TU M'AS IMPRESSIONNÉ EN AFFRONTANT AUTANT DE...
CHBOOOOM !
J'AI RATÉ UN ÉPISODE ?
T'ES PAS LE SEUL...

DIS-NOUS, QUI ES-TU, ORAGE ?!
COMMENT ÇA ?
POURQUOI CACHER TES POUVOIRS ?
MAIS DE QUOI TU PARLES, ANIS ? T'ES TARÉE ?
JE VAIS TE FAIRE CRACHER LE MORCEAU SI TU CONTINUES À MENTIR !
TU AS FAILLI ME TUER !
MOI ? LA TUER ?
ON RESPIRE UN GRAND COUP...
... ET ON SE CALME...
ORAGE N'A PAS CONSCIENCE DE TOUT ÇA, MAIS...
COMMENT PEUX-TU LE SAVOIR, LAÏTOFF ?
C'EST TRÈS SIMPLE...
ORAGE A ÉTÉ EN CONTACT AVEC UNE PIERRE DE L'OUBLI !
ON NE SAIT MÊME PAS SI ELLES EXISTENT...
ET, MÊME SI C'ÉTAIT LE CAS, ÇA NE L'EXCUSE PAS !
CET ENDROIT LE PROUVE...
DEUX ARMÉES SE SONT AFFRONTÉES ICI POUR UN SEUL OBJECTIF...

... LES PIERRES DE L'OUBLI !
J'AI TROUVÉ DES DOCUMENTS QUI ATTESTENT QUE CETTE BASE AVAIT POUR OBJECTIF PRINCIPAL DE PROTÉGER UNE MONTAGNE VERTE.
ORAGE EST ENTRÉ EN CONTACT AVEC L'UNE DE CES PIERRES...
... QUE LE RAVISSEUR PORTAIT AU COU...
CES PIERRES SE NOMMENT « PIERRES DE L'OUBLI » POUR UNE BONNE RAISON.
CERTES, ELLES DÉCUPLENT LES FORCES DE CELUI QUI LES UTILISE...
... MAIS ELLES EMPRISONNENT SON ÂME...
L'UTILISATEUR FINIT PAR EN OUBLIER SON PROPRE PRÉNOM...
ENFIN... D'APRÈS LES LÉGENDES...
DONC, ORAGE EST POSSÉDÉ PAR CETTE PIERRE ?
EN TOUT CAS, ELLE PROVOQUE CHEZ LUI DES CHANGEMENTS RADICAUX !
BEUH... J'VAIS MOURIR ?
J'ESPÈRE BIEN !
ROOOH ! MYRTILLE !
IL NOUS FAUDRA PLUSIEURS JOURS POUR FOUILLER CETTE BASE...
ON CONTINUE LES RECHERCHES ?

PLUTÔT DEMAIN, NON ? ON EST TOUS CREVÉS...
ET LILA ET CASSIS, T'Y PENSES ?
HMMM... PRÉPAREZ-VOUS AU COMBAT !
JE SUIS PRÊTE !
LAÏT, INDIQUE-NOUS LE CHEMIN !
JE SENS UNE ODEUR SPÉCIALE PAR LÀ...
MOI, J'SENS RIEN...

UNE HISTOIRE DE DÉFAITE

JE DIRAIS QUE C'EST POUR ÇA QUE PERSONNE N'A DÉCOUVERT CETTE BASE AVANT NOUS...
C'EST-À-DIRE ?
AHEM... EN GROS, PERSONNE NE PEUT PÉNÉTRER ICI, MÊME UN FANTÔME NE POURRAIT PASSER À TRAVERS LES MURS DE CETTE CAVERNE...
D'AILLEURS, ÇA EXPLIQUERAIT LA DISPARITION DE MICH !...
PRÉPAREZ-VOUS AU COMBAT !!

LAÏT ?!
QU...?
C'EST LUI !!
QU'EST-CE QU'ON FAIT ?!
HURG !
LAÏT !!
ÇA VA ALLER, ORAGE !
HEY, CROTTE DE NEZ ! VIENS NOUS AIDER !!
VAS-Y, ORAGE !
NE T'EN FAIS PAS POUR MOI ! KOF !

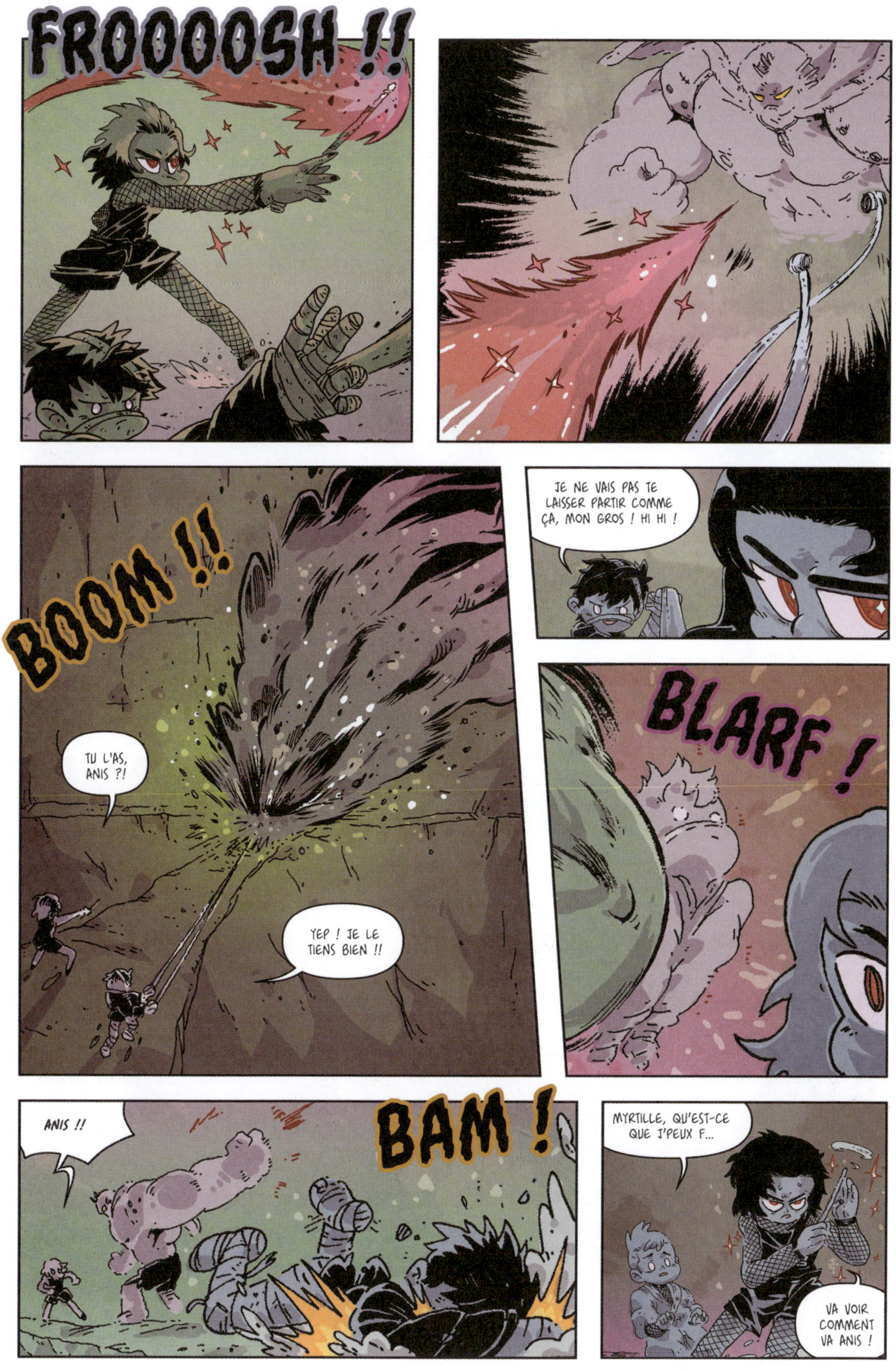
FROOOOSH !!
JE NE VAIS PAS TE LAISSER PARTIR COMME ÇA, MON GROS ! HI HI !
BOOM !!
TU L'AS, ANIS ?!
YEP ! JE LE TIENS BIEN !!
BLARF !
ANIS !!
BAM !
MYRTILLE, QU'EST-CE QUE J'PEUX F...
VA VOIR COMMENT VA ANIS !

CHBANG !!
HURH !!
IL EST... RAPIDE !!
JE NE LE VOIS MÊME PAS ARRIVER !
TU VAS VOIR, SALE TYPE !
AVEA MORTIX !!
WOAAAH !!

HEIN ?
QU... Y A UN CAILLOU QUI...
ROAAAAAAH !!
MA BAGUETTE EST...
... BRISÉE !?

BOM !
JE...
JE N'ARRIVE PLUS À BOUGER !
JE...
... SUIS TOTALEMENT BLOQUÉ !!

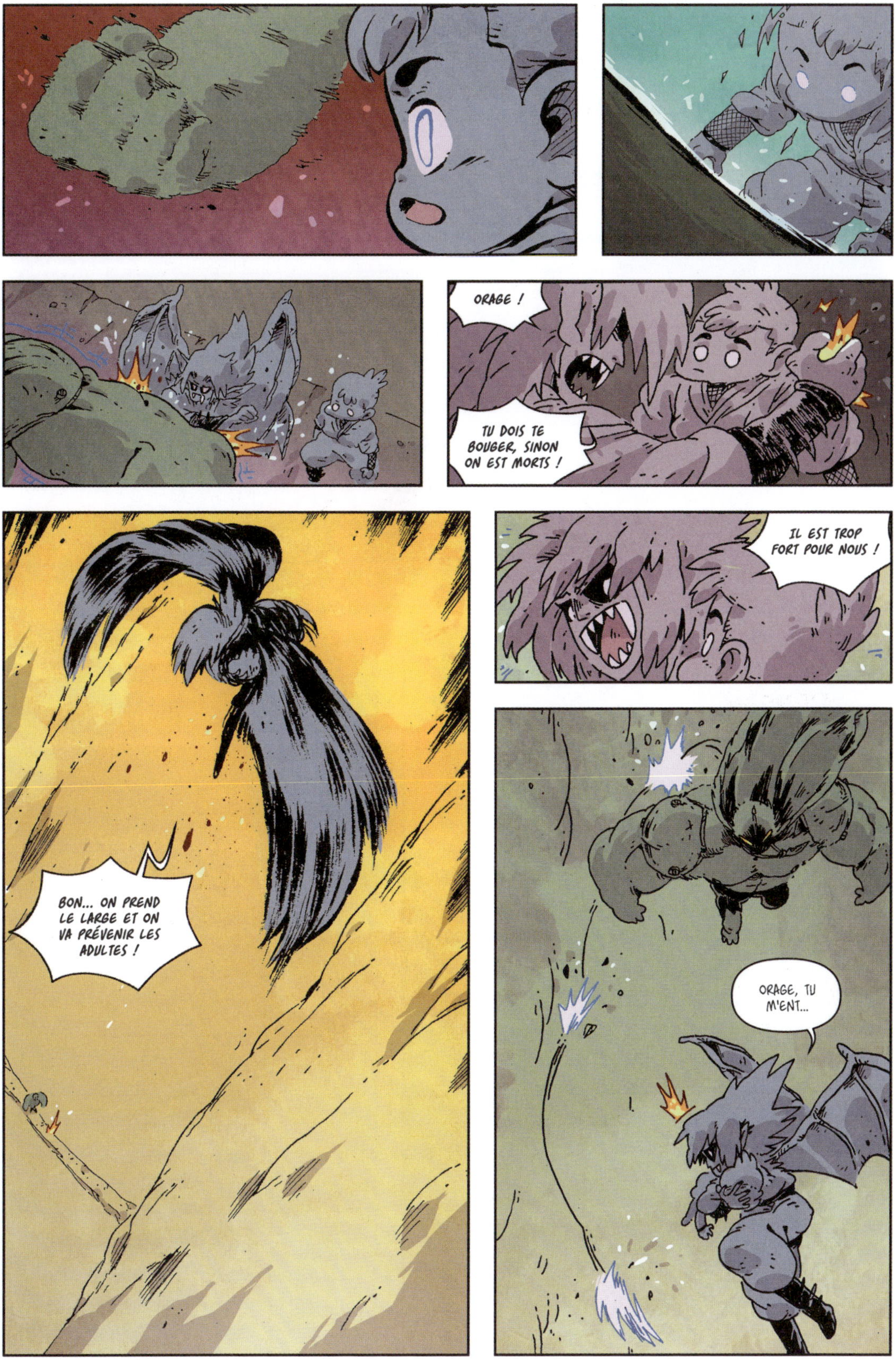
ORAGE !
TU DOIS TE BOUGER, SINON ON EST MORTS !
IL EST TROP FORT POUR NOUS !
BON... ON PREND LE LARGE ET ON VA PRÉVENIR LES ADULTES !
ORAGE, TU M'ENT...

CHOP !
HURG !
REVIENS NOUS CHERCHER, MON AMI !
PLOUF !

UNE HISTOIRE D'ENTRAÎNEMENT

OUAIS, MAIS BON ! J'FAIS QUOI, MOI ?!
J'VAIS PAS TE PORTER JUSQU'À LA SORTIE !
J'SUIS UN FANTÔME !
AH ! C'EST BON ! ÇA VA, MEC ?!
OÙ EST LE RESTE DE LA BANDE ?
LA BANDE ?...
ILS ONT ÉTÉ ENLEVÉS.
QUOI ?!
IL FAUT SORTIR D'ICI, MICH !
T'ES MARRANT, TOI ! ÇA FAIT DEUX HEURES QUE JE TOURNE EN ROND !
TU ES UN FANTÔME, TRAVERSE LES MURS !
JUSTEMENT, JE NE PEUX PAS !
QU...
LAÏTOFF AVAIT DONC RAISON, LA BASE MILITAIRE EST PROTÉGÉE PAR UNE PUISSANTE MAGIE !

BASE MILI... QUOI ?
REGARDE, DE L'EAU ROUGE...
OUAIS, JE VOIS. ET ?
ÇA VEUT DIRE QU'ON SE TROUVE SOUS LES DOUCHES DES FILLES !
L'EAU SE MÉLANGE À LA TERRE ET DEVIENT ROUGE...
PARCE QUE TU VAS SOUVENT VOIR LE BAIN DES FILLES, TOI ?
ÇA N'EST ARRIVÉ QU'UNE FOIS !
BREF, JE VOIS OÙ ON SE SITUE SOUS L'ÉCOLE !
ON VA POUVOIR SORTIR !
ET VOILÀ LA SORTIE, MICH !
TU M'IMPRESSIONNES, ORAGE ! HIN HIN !

BON, ET MAINTENANT, C'EST QUOI, LE PLAN ?
ORAGE ?
PLOUF !
LAÏTOFF AVAIT RAISON, LE MONSTRE A BRISÉ CES BARREAUX MAGIQUES...
PUIS IL A ENLEVÉ LILA !...
C'ÉTAIT COOL, LA TREMPETTE ?
NON, MAIS C'ÉTAIT PLUTÔT INSTRUCTIF.
CARRÉMENT ?
TU DEVIENS BIZARRE, ORAGE...
POURQUOI ?
TU AS L'AIR PLUTÔT SÛR DE TOI, HIN HIN !
BOM !
C'ÉTAIT QUOI, ÇA ?
SÛREMENT DES ÉLÈVES QUI S'ENTRAÎNENT...

JE PENSE QUE TU ES FIN PRÊTE POUR LES EXAMS DE FIN D'ANNÉE !
PARLE POUR TOI, RICHARD !
UNE DERNIÈRE ET ON RENTRE ?
C'EST PARTI !
FLAMMIX !!
WAAAAH !!

TU AS FAILLI ME CRAMER TOUT ENTIÈRE !!
TU AS BEAU ÊTRE LE MEILLEUR ÉLÈVE DES TROISIÈME ANNÉE, TU N'EN RESTES PAS MOINS UN SALE GOSSE !!
BAH... FAUT SAVOIR FINIR EN BEAUTÉ !...
KYA !!
MES CHEVEUX !!
JE ME VENGERAI !!
GNAGNAGNA...
HEP ! VOUS DEUX ! ÇA SE FAIT PAS TROP D'ESPIONNER DES TROISIÈME ANNÉE !
SALUT !
TA TÊTE ME DIT QUELQUE CHOSE... T'AS UNE GRANDE SŒUR, NON ?
JE T'AI MARCHÉ DESSUS, IL Y A QUELQUES MOIS...
AH OUAIS, VOILÀ...
ON VEUT PAS TE DÉRANGER, HEIN ? HIN HIN HIN...
ENTRAÎNE-MOI !
QUOI ?!

HAHAHAHAHAHAHAHAHAHA !!
POM !
T'ES AU COURANT QU'IL FAIT PARTIE DE L'ÉLITE DES ÉLÈVES DE BOUHLAND ?
P'TIT C... JE VAIS TE....
J'AI PAS LE TEMPS...
JE SUIS PRÊT À TOUT POUR DEVENIR PLUS FORT !
DEMANDE-MOI CE QUE TU VEUX ET JE LE FERAI !
HA !
J'AI MA PETITE IDÉE, EFFECTIVEMENT...
MAIS ÇA VA PAS ÊTRE FACILE !
TU VEUX QUE JE VOLE UN OBJET POUR TOI ?
PARFAITEMENT !
OK, JE LE FERAI !
POUR ÇA, TU VAS DEVOIR ALLER LE VOLER DANS LA CHAMBRE DE STARCK !
SI ELLE TE SURPREND, TU SERAS VIRÉ. T'ES SÛR ?
OUI !

UNE PIERRE VERTE ?
COMMENT EST-ELLE ARRIVÉE LÀ ?

JE... ME... SENS SI BIEN...
... QUAND JE LA REGARDE...
JE...
...

UNE HISTOIRE DE VOL

JE SUIS VRAIMENT DÉSOLÉ, MAIS...
... JE SUIS ALLÉ ME COUCHER, JE ME SENTAIS MAL, JE NE SAIS PAS DU TOUT OÙ SONT LAÏTOFF ET LES AUTRES.
VOUS NE POUVEZ PAS ME TENIR RESPONSABLE DES AGISSEMENTS DE MES CAMARADES.
N'EST-CE PAS ?
IL DEVIENT ARROGANT...
TU PEUX SORTIR...
QU'EST-CE QUE VOUS EN PENSEZ ?
IL SAIT QUELQUE CHOSE...
JE N'AIME PAS ÇA...
OUI, C'EST LUI, L'HUMAIN QUI APPORTE LE MALHEUR AVEC LUI...
AH ! J'EN AI ENTENDU PARLER... « TONNERRE », C'EST ÇA ?
NON, PLUTÔT UN TRUC COMME « ÉCLAIR » !

J'AI L'IMPRESSION QU'ILS ME DÉVISAGENT TOUS...
TU N'AURAS PAS DE QUESTION AUJOURD'HUI, CAR JE N'AI PLUS D'IDÉES !
AH... ZUT ALORS ! JE PEUX PASSER ?
VAS-Y...
T'INQUIÈTE PAS, FDP, ÇA VA REVENIR !
ÇA FAIT 54 ANS QUE JE N'AVAIS PAS EU DE PANNE, ET LÀ...
AU FAIT, TU SAIS OÙ JE POURRAIS TROUVER LA CHAMBRE DE STARCK ?
JE DOIS LUI RENDRE UN DEVOIR EN RETARD.
SA CHAMBRE EST DU CÔTÉ DU DORTOIR DES FILLES !
AH ! SUPER !
MAIS TU NE POURRAS PAS PASSER LA DAME BLANCHE...
SI TU SOUHAITES ÊTRE ENTRAÎNÉ, TU VAS DEVOIR VOLER UN OBJET QUI M'A ÉTÉ CONFISQUÉ !
PAR STARCK ?
EXACTEMENT, PETIT !
C'EST UNE PAIRE DE LUNETTES !
UNE PAIRE DE LUNETTES MAGIQUES !
ET SI TU ARRIVES À LA RÉCUPÉRER... HI HI HI HI...
...

IL FAUT QUE JE TROUVE UN MOYEN DE M'INTRODUIRE CHEZ LES FILLES...
HEY ! CÉLERI !
KESSTUVEU, HUMAIN DE MALHEUR ?
J'AIMERAIS QUE TU ME PRÊTES TES VÊTEMENTS !
BAF !
OUI, BAH FALLAIT PAS ME RECALER !
FARAH ?
JE VEUX BIEN T'AIDER.
AH, COOL !
MERCI BEAUCOUP !
ILS SONT CLASSE, TES VÊTEMENTS !
BOF...
EUUUH... ATTENDS !
OÙ EST-ELLE ?

TU CHERCHES QUELQUE CHOSE ?
CETTE PIERRE QUE TU AVAIS DANS LA POCHE ?
OUI ! DONNE-LA-MOI !
TU DEVRAIS FAIRE ATTENTION, ORAGE !
CETTE PIERRE VA TE CHANGER...
ELLE EST FAITE D'UNE MAGIE TRÈS NOIRE...
JE PEUX LA SENTIR.
JE SAIS QUE TU VEUX AIDER TES AMIS...
... MAIS ES-TU PRÊT À DEVENIR UN VÉRITABLE DÉMON POUR ARRIVER À TES FINS ?
QUOI ?...

ELLE EST BIZARRE PARFOIS, CELLE-LÀ !
TSSS... FARAH EST BIZARRE TOUT LE TEMPS...
FARAH ! ÇA VA ?
EUUUH... OUI, OUI, ÇA VA !
T'ES SÛRE ? TU M'AS L'AIR UN PEU PÂLE.
OUIOUI !
PFIOU !
W.C
LA CHAMBRE DE STARCK ?
AU BOUT DU COULOIR NORD, TU PEUX PAS LA RATER !
EN EFFET...

BON ! AU TRAVAIL !
MOUAIS...
HMMM...
C'EST VRAIMENT MAL RANGÉ, ICI...
OUVERTUX !
J'AI TOUT FOUILLÉ... PAS DE LUNETTES...
OH ? UN COFFRE-FORT !
AVEC UNE COMBINAISON !
PFFF...

J'AI PAS LE TEMPS POUR CES BÊTISES !
RAAAAAH !!
STARCK PEUT REVENIR D'UN MOMENT À L'AUTRE !!
HÉ !
AVEC CETTE PIERRE, JE SENS QUE JE PEUX...
LA PIERRE ME REND FORT !!
KABOM !!
TROP FACILE !
ELLE GARDE DES OBJETS ÉTRANGES, ICI...
IL A L'AIR MARRANT, CE MACHIN...

ET VOILÀ LA PAIRE DE LUNETTES DE RICHARD !!
COUIC...
QUELQU'UN ENTRE !!
AH, QUELLE JOURNÉE...
C'EST MOINS DIFFICILE DE FAIRE LA GUERRE QUE D'ENSEIGNER À CES PETITS IMBÉCILES !
ALLEZ, À LA DOUCHE !
JE SUIS DANS UNE M...
COMMENT JE VAIS SORTIR D'ICI ?
SWOOOSH
ZUT !

AAAH, NOOON !!
PLOC !
HEIN ?!
FWOOOOOSH !
WOW ! TRÈS FORT, CE COURANT D'AIR !
H...
H...
H...
J'AI EU CHAUD !
APPELLE LE 619 !
BIP
BIP
BIP
BIP
STARCK ?
QU'EST-CE QU'IL SE PASSE ?
SALUT, JULIE...
IL FAUT QU'ON PARLE.

FIUUUU...
GRÂCE À CETTE PIERRE VERTE, JE PEUX TOUT SURMONTER !

UNE HISTOIRE D'EFFORTS

HÉ HÉ...
POURQUOI TU RIGOLES, LAÏT ?
PARCE QUE TU DEVRAIS CROIRE EN CET HUMAIN, MYRTILLE.
JAMAIS DE LA VIE !!
RONFLE...
RONFLE...
RONFLE...
ET VOILÀ, RICHARD !
T'ES UN BON, TOI !
T'ES MON MEILLEUR POTE À VIE !
OUAIS, ÇA VA, J'AI COMPRIS, ENTRAÎNE-MOI !

TIENS, METS-LES !
MAIS POURQUOI ?
ÇA NE CHANGE RIEN, RICHARD !
ATTENDS UNE SECONDE...
ON VOIT À TRAVERS LES VÊTEMENTS !!
EXACTEMENT ! ET ÇA, CE N'EST QUE LE PREMIER MODE, HU HU HU...
J'AI RISQUÉ MA VIE POUR ÇA ?! MAIS C'EST NAZE !!
ATTENTION ! BOUGRE D'ABRUTI !!

FROOOOOOOUSH
HOP ! LE COURS COMMENCE !
QU...
WOOOOW ! J'ÉTAIS PAS PRÊT !!
MAIS AVEC TOI, JE NE CRAINS RIEN...

COMMENT VA-T-IL RÉAGIR À LA PEUR ?
S'IL SE TUE, C'EST DE MA FAUTE ?
HMMM... OUI, C'EST UN HOMICIDE...
C'EST UN ARRÊT PARFAIT.
ALORS, IMPRESSIONNÉ ?
ON PEUT PASSER À L'EXERCICE SUIVANT, HEIN ! HA HA !

WAAAH !!
CONCENTRE-TOI !
MAIS JE SUIS CONCENTRÉ !
OOOH...
À PARTIR DU MOMENT OÙ JE T'ENTRAÎNE, TU M'APPELLES « MAÎTRE » !
ET TU RESPECTES MON AUTORITÉ, SINON JE TE CASSE EN DEUX !
OK, MAÎTRE...
122...
123...

SUIS BIEN CETTE PIERRE DU REGARD, ORAGE !
OUI, MAÎTRE !
ET MAINTENANT, RATTRAPE-LA !
QUOI ?!
DÉPÊCHE-TOI !!
BONK !
ENCORE !
ON VA VOIR JUSQU'OÙ IL PEUT ALLER !
MONTRE-MOI TA RÉSISTANCE !
C'EST FINI POUR AUJOURD'HUI !
DOUCHE PUIS REPOS ! INTERDICTION DE PASSER PAR LA SALLE COMMUNE !
OUI, MAÎTRE !

ENFIN CHEZ SOI !
J'EN PEUX PLUS !
SI ÇA CONTINUE, JE VAIS TOUT RÉVÉLER À CURCUMA...
JE NE VAIS PAS TENIR SINON...
PFFF... AVEC CETTE PIERRE, TOUT DEVIENT POSSIBLE !
ALLEZ, C'EST L'HEURE DE L'ENTRAÎNEMENT !

J'AI BEAU NE PAS AVOIR DORMI, JE ME SENS BIEN !
JE SENS QUE JE DÉGAGE QUELQUE CHOSE DE FORT.
ILS ONT PEUR DE MOI...
ILS ME RESPECTENT ! HIN HIN !

UNE HISTOIRE DE MALÉDICTION

LES PROFESSEURS ET MOI-MÊME NOUS INQUIÉTONS POUR TOI.
DEPUIS LES DISPARITIONS, TU AS CHANGÉ, ORAGE.
ET C'EST QUOI, CETTE COUPE DE CHEVEUX ?
TU PRENDS DES POTIONS CAPILLAIRES ?
HA HA ! OUI, MADAME, C'EST ÇA !
TRÈS BIEN ! SI TU VEUX DISCUTER, VIENS ME VOIR..
JE RESTERAI DISPONIBLE POUR TOI, À TOUTE HEURE DU JOUR ET DE LA NUIT !
MERCI, MADAME !
ET NE SÈCHE PLUS LES COURS DE STARCK, OU ELLE FINIRA PAR TE DÉCOUPER EN MORCEAUX...
RICHARD ?
JOUR 2

JOUR 3
TCHAC !
IL PROGRESSE À VUE D'ŒIL...
HIN ! ALORS, MAÎTRE ?
ON PEUT PASSER À DES EXERCICES PLUS DURS !
PAR CONTRE... PLUS IL DEVIENT FORT ET PLUS IL ME FAIT PEUR...
C'EST MOI OU SES CHEVEUX POUSSENT SUPER VITE ?
JOUR 4
JOUR 5
IL Y A QUELQUE CHOSE QUI NE VA PAS...

JOUR 6
IL FAUT QU'ON PARLE, ORAGE !
QU'Y A-T-IL, RICHARD ?
C'EST « MAÎTRE » QUAND ON S'ENTRAÎNE !
MAIS JE SAIS, RICHARD !
C'EST QUOI, TON PROBLÈME ?
PROGRESSER AUTANT, ÇA DEVRAIT TE PLAIRE, ET POURTANT... TU N'AS PAS L'AIR HEUREUX...
TOUT SIMPLEMENT PARCE QU'EN SEULEMENT UNE SEMAINE D'ENTRAÎNEMENT...
... JE SUIS DEVENU TRÈS FORT...
ET JE ME DEMANDE SI C'EST GRÂCE À TOI OU GRÂCE À MOI...
IL EST VRAIMENT PRÉTENTIEUX...
QU'EST-CE QUE TU AS DANS LA POCHE ?
HA HA ! MAIS RIEN !
ET PUIS, ÇA TE REGARDE PAS ! C'EST MES AFFAIRES, RICHARD !
S'IL CONTINUE À M'APPELER RICHARD, JE L'ÉPARPILLE...
MONTRE-MOI TOUT DE SUITE CE QU'IL Y A DANS TA SATANÉE POCHE !
C'EST UN ORDRE !

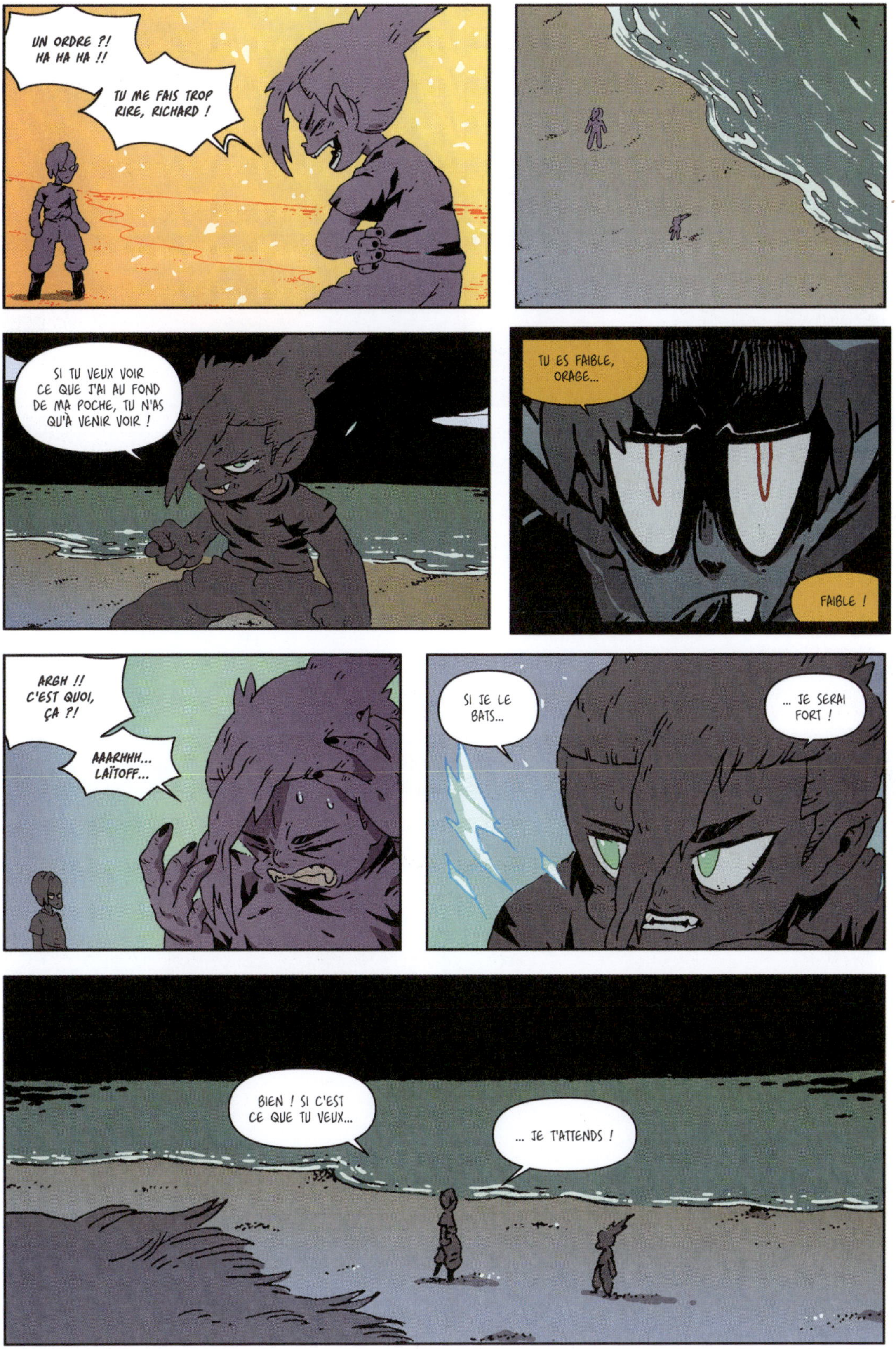
UN ORDRE ?! HA HA HA !!
TU ME FAIS TROP RIRE, RICHARD !
SI TU VEUX VOIR CE QUE J'AI AU FOND DE MA POCHE, TU N'AS QU'À VENIR VOIR !
TU ES FAIBLE, ORAGE...
FAIBLE !
ARGH !! C'EST QUOI, ÇA ?!
AAARHHH... LAÏTOFF...
SI JE LE BATS...
... JE SERAI FORT !
BIEN ! SI C'EST CE QUE TU VEUX...
... JE T'ATTENDS !

ARH ! QUELLE VITESSE !
IL N'EST PLUS LÀ !
ALORS, ON RÊVASSE ?!
HURG !

TU PENSES ÊTRE UN DUR PARCE QUE TU FAIS DEUX CENTS POMPES D'UNE TRAITE ?
LÂCHE-MOI ! GNAARH...
IL... IL ARRIVE À ME FAIRE PLIER ?
J'AI PLUS LE CHOIX...
ENDORFLUX !!
EH BEN...
J'AI DÛ UTILISER UNE TECHNIQUE ULTRA PUISSANTE !
ALORS, QU'AS-TU DANS TA POCHE ?
UNE... SIMPLE PIERRE ?

WOH...
INCROYABLE, LE POUVOIR DE CETTE PIERRE...
ELLE A SA VOLONTÉ PROPRE !
C'EST DE LA MAGIE TRÈS TRÈS NOIRE !
JE VAIS LA FAIRE DISPARAÎTRE !
ÉTINCELLUX !

HMRR... ÇA COMMENCE À M'ÉNERVER !
SI JE LE LAISSE AU CONTACT DE CETTE PIERRE...
... IL FINIRA PAR MOURIR !
ENVELOPUX !
PLOUF !

BON, AU MOINS, IL NE SERA PLUS SOUS SON EMPRISE...
TU PENSAIS VRAIMENT DEVENIR FORT EN VENDANT TON ÂME À CETTE CHOSE ?
BOUFFON, VA !
HEP, ON SE RÉVEILLE !!
VOIIILÀ, C'EST BIEN !
OÙ SUIS-JE ?
DANS MA CHAMBRE !
POUR UN DERNIER COURS SPÉCIAL !
LA PIERRE ! JE NE LA SENS PLUS !
OÙ EST-ELLE ?
TU ME L'AS VOLÉE ?!!
TIENS, AVALE ÇA !

ÇA VA TE NETTOYER LE CORPS ET L'ESPRIT...
C'EST UN BONBON ANTI-MAGIE NOIRE DE MON CRU...
J'ESPÈRE SURTOUT QUE ÇA NE LE TUERA PAS...
DE TOUTE FAÇON, JE NE VOIS AUCUNE AUTRE SOLUTION...
MAINTENANT, TU DOIS TE REPRENDRE EN MAIN, ORAGE !
ET AFFRONTER TES DÉMONS...
LUMIX !

UNE HISTOIRE DE SOI-MÊME

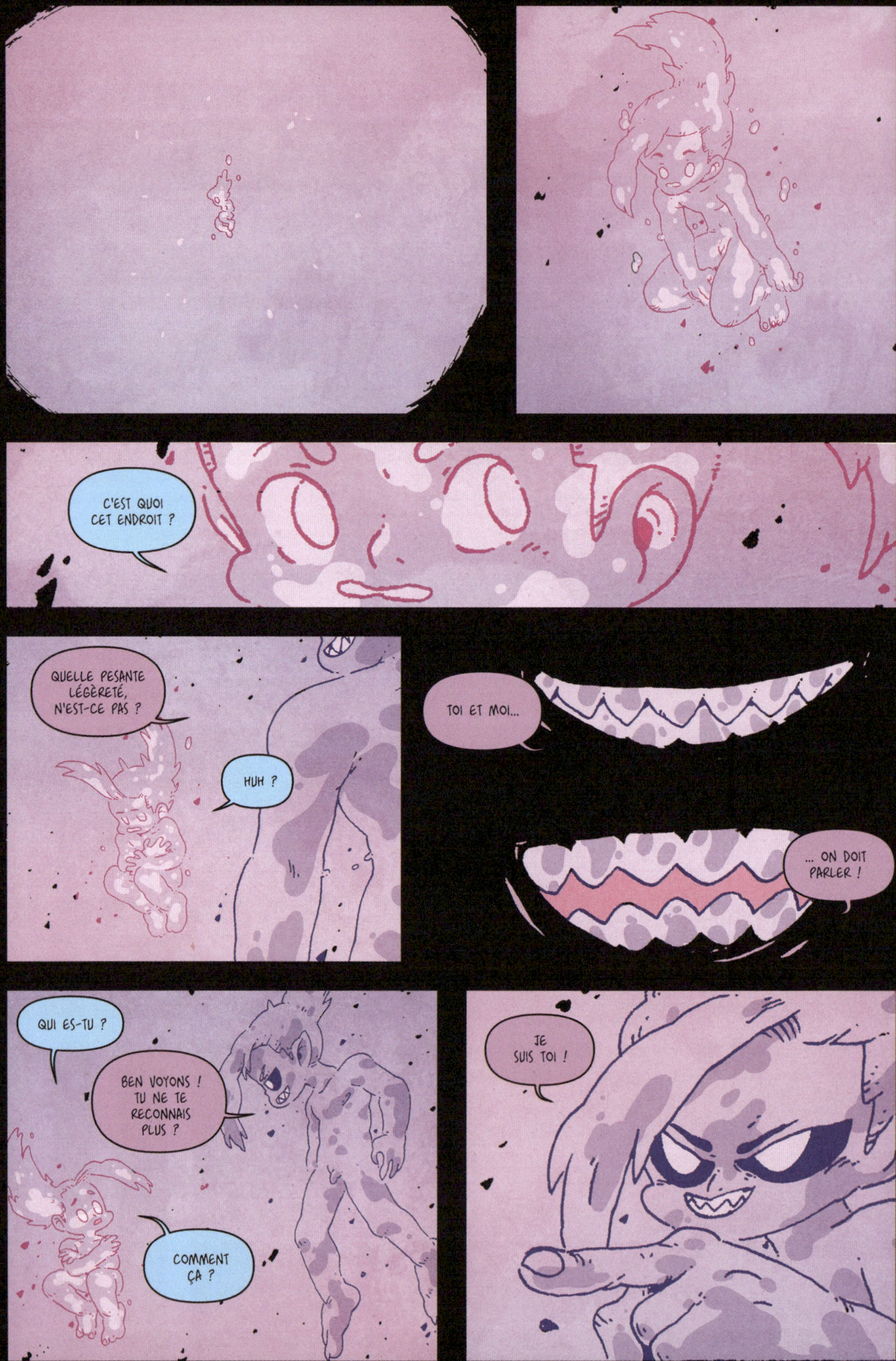
C'EST QUOI CET ENDROIT ?
QUELLE PESANTE LÉGÈRETÉ, N'EST-CE PAS ?
HUH ?
TOI ET MOI...
... ON DOIT PARLER !
QUI ES-TU ?
BEN VOYONS ! TU NE TE RECONNAIS PLUS ?
COMMENT ÇA ?
JE SUIS TOI !

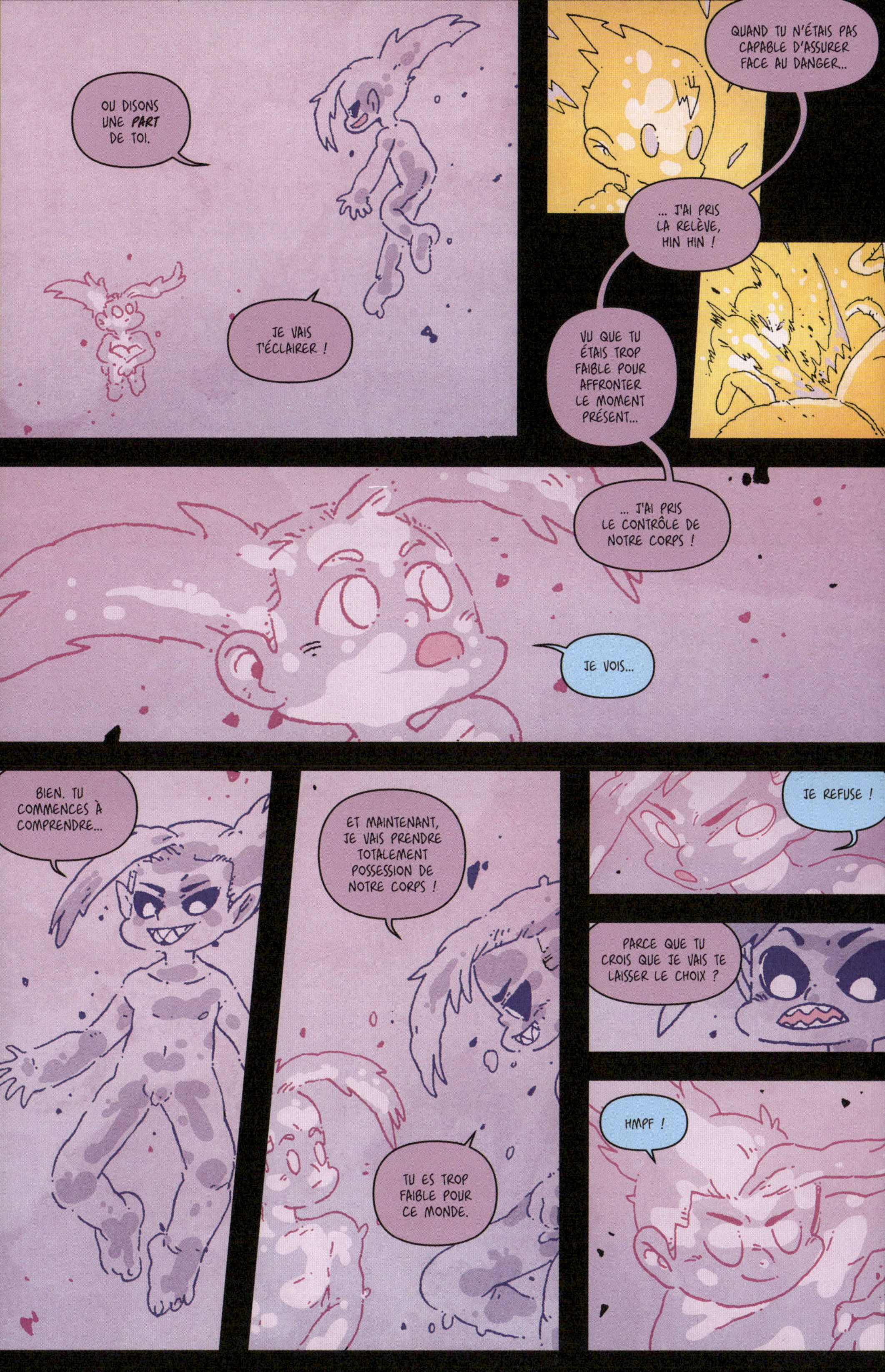

OU DISONS UNE PART DE TOI.
JE VAIS T'ÉCLAIRER !
QUAND TU N'ÉTAIS PAS CAPABLE D'ASSURER FACE AU DANGER...
... J'AI PRIS LA RELÈVE, HIN HIN !
VU QUE TU ÉTAIS TROP FAIBLE POUR AFFRONTER LE MOMENT PRÉSENT...
... J'AI PRIS LE CONTRÔLE DE NOTRE CORPS !
JE VOIS...
BIEN. TU COMMENCES À COMPRENDRE...
ET MAINTENANT, JE VAIS PRENDRE TOTALEMENT POSSESSION DE NOTRE CORPS !
TU ES TROP FAIBLE POUR CE MONDE.
JE REFUSE !
PARCE QUE TU CROIS QUE JE VAIS TE LAISSER LE CHOIX ?
HMPF !

JE SAIS QUI TU ES !
SI TU SAIS QUI JE SUIS, TU SAIS DONC QU'IL EST INUTILE DE ME COMBATTRE !
TU REPRÉSENTES TOUTES MES PEURS ET MES ANGOISSES.
EFFECTIVEMENT !
TU DIS QU'IL EST VAIN DE LUTTER ?
TOUT À FAIT !
ALORS JE NE VAIS PAS T'AFFRONTER !
QUOI ?
JE VAIS T'ACCEPTER !
M'ACCEPTER ?!
TU TE FOUS DE MOI ?!
TU AS DÛ TE SENTIR BIEN SEUL À *NOUS* SAUVER DE CES SALES SITUATIONS, HEIN ?
MAIS TOUT ÇA, C'EST FINI !
...

JE REPRENDS LE CONTRÔLE. MAIS JE NE ME LAISSERAI PLUS DÉPASSER PAR LES ÉVÉNEMENTS.
ET ON VA Y ARRIVER !
ENSEMBLE !
CROÂÂ !
CROÂÂ !

HMMM...
FAIT D'JÀ JOUR ?
IL EST PASSÉ OÙ, L'AUTRE ?!
À TOUS LES COUPS, IL S'EST SAUVÉ !!
ORAGE ?
C'EST BIEN MOI !
TU T'ES REMIS ?

OUI, PARFAITEMENT ! JE TE REMERCIE, RICHARD !
EN... UNE SEULE NUIT ?
IL A GUÉRI DE LA MAGIE NOIRE EN UNE SEULE NUIT ?
GRÂCE À TOI, JE ME SUIS AMÉLIORÉ !
MERCI POUR TOUT, MAÎTRE !
TON ENTRAÎNEMENT EST FINI, TU PEUX DE NOUVEAU M'APPELER RICHARD...
JE SAIS ! HI HI... MAIS ÇA TE VA BIEN, « MAÎTRE »...
JE M'EXCUSE !
POUR T'AVOIR MANQUÉ DE RESPECT...
TU N'AS PAS BESOIN DE T'EXCUSER JE SAIS CE QUI T'EST ARRIVÉ !
SI UN JOUR TU RETOMBES SUR DE LA MAGIE NOIRE, FAIS BIEN ATTENTION !
J'Y COMPTE BIEN !
AH, D'AILLEURS, J'AI DÉTRUIT TES LUNETTES DE PERVERS ! HA HA !
QUOII ?!
À PLUS, MAÎTRE !

J'AI L'IMPRESSION DE NE PAS AVOIR RESPIRÉ D'AIR FRAIS DEPUIS LONGTEMPS !
FAIS GAFFE À CE QUE L'ON NE SE RECROISE PAS !
P'TICON !
RICHARD !
VIENS LÀ !
STARCK ?
C'EST TOI QUI AS CASSÉ MON COFFRE-FORT ? TU AS CRU QUE JE NE LE VERRAIS PAS UN JOUR OU L'AUTRE !?
MEUUUH PAS DU TOUT !!
TU AS REPRIS TES LUNETTES, AVOUE !
LES LUNETTES MAGIQUES, JE M'EN FOUS ! MAIS TU M'AS VOLÉ MON ARME FAVORITE !!
RENDS-LA-MOI !
SON ARME FAVORITE ?

ZUT, MA FENÊTRE EST FERMÉE !
HEY ! LES AMIS ! JE PEUX PASSER PAR VOTRE CHAMBRE ?
BAM !!
JE L'AVAIS CACHÉE PAR LÀ...
AH ! LA VOILÀ !
C'EST BIEN LA GARDE D'UNE ÉPÉE !
MAIS SANS LAME, C'EST UNE ARME INUTILE...

C'EST NORMAL QU'IL N'Y AIT PAS DE LAME !
HMM ?
JE VAIS TE MONTRER COMMENT FAIRE !
CHIBY ?!
MAIS QU'EST-CE QUE TU FAIS LÀ ?!
TU VEUX DE L'AIDE OU PAS ?
VOUI...
BON, TU MONTRES ?
PFFF...
GLADIO !
WOW ! UNE ÉPÉE DE FEU !!
JE VAIS AVOIR UNE ÉPÉE DE FEU ! C'EST TROP COOL !
GLADIO !

BOOOOOOM !!!

UNE HISTOIRE DE REVANCHE

AH...
AH...
TU ES PRÊT.
GÉNIAL !
MERCI POUR TON AIDE !
TU AS UN GLADIO, TOI AUSSI ?
C'EST UNE ARME DE FAMILLE.
IL TE RESTE UNE CHOSE À SAVOIR !
L'ÂME EST LA PLUS PARFAITE DES ARMES, LE GLADIO TE PERMET DE TOUT TRANCHER...
... MAIS SI TON ENNEMI BRISE TA LAME...
... TU MEURS AUSSI SEC !
JE FERAI ATTENTION !
JE T'AI VU LA DERNIÈRE FOIS, TU AS ÉTÉ NUL...
COMMENT PEUX-TU LE SAVOIR ?
JE VOUS AI VUS VOUS BATTRE CONTRE LE MONSTRE AUX YEUX JAUNES !
MAIS...
... J'ÉTAIS PÉTRIFIÉ !

POUR LA PREMIÈRE FOIS DE MA VIE, MON COURAGE M'A ABANDONNÉ...
C'EST POUR ÇA QUE JE T'AIDE.
PARCE QUE JE M'EN VEUX...
SÈCHE TES LARMES, MON VIEUX ! ON VA LES SAUVER !
SNIRF... LA FERME ! JE PLEURE PAS ! JAMAIS ! SNIRF !
ON A TOUS LES DEUX UNE REVANCHE À PRENDRE ! HI HI !

JE SUIS PRÊT !
MOI AUSSI.
TU ES BIEN SÛR DE TOI ?
JE CROIS, OUI...
J'AVAIS SUIVI LAÏTOFF ET MYRTILLE, MOI !

ET C'ÉTAIT PAR OÙ ?
JE... SAIS PLUS...
ALORS ON PREND MA ROUTE !
EH OUI, JE SAIS, C'EST PAS PROPRE.
ET ENSUITE ?
LAISSE-MOI RÉFLÉCHIR J'AVAIS PERDU CONNAISSANCE...
QU'EST-CE QUE TU FABRIQUES ?
PLOUF !!

J'AI CHOPÉ UN MILLE-PATTES !
MEUHPADUTOU...
TU VOULAIS ME MONTRER QUE TU AS PROGRESSÉ ? HIN HIN !
TU COMPTES GARDER CETTE PAUVRE BÊTE COMME ÇA ?
T'AS FAIM ?
NON !

C'EST BIEN ICI, MEC !
T'AS VU CETTE ENTRÉE ?
ÇA SENT LE MONSTRE À PLEIN NEZ !
BON, BAH, GO !

SI ON M'AVAIT DIT QUE JE FERAIS ÉQUIPE AVEC TOI UN JOUR...
RAH ! ET ON N'Y VOIT RIEN !
TU CONNAIS PAS UN SORT DE LUMIÈRE ?
NON, JE PASSE MA VIE À M'ENTRAÎNER !
C'EST PAS TRÈS INTELLIGENT !
QUOI ?!
TU TE PERMETS DE CRITIQUER MES CHOIX ? MONSIEUR JE-ME-FAIS-POSSÉDER-PAR-UNE-RIDICULE-PIERRE ?!
ELLE N'ÉTAIT PAS RIDICULE, D'ABORD !
UTILISE TON GLADIO POUR FAIRE DE LA LUMIÈRE !
BIEN SÛR ! T'AS CRU QUE MON ÂME ÉTAIT UNE ÉNERGIE INÉPUISABLE ?
AH ! VOILÀ LA SORTIE !
EH BEN !

LA MONTAGNE VERTE !
LAÏTOFF AVAIT RAISON SUR TOUTE LA LIGNE !
BON, ON RETROUVE NOS AMIS ET ON S'EN VA ?
IL LES A PEUT-ÊTRE DÉJÀ TUÉS, TU NE CROIS PAS ?
NON ! JE NE CROIS PAS ! IL LES GARDE EN VIE !
COMMENT TU PEUX SAVOIR ?!
BAH UNE FOIS, J'ÉTAIS AUX TOILETTES ET J'AI ENTENDU LA VOIX DE LILA !
ET ?
... ET DONC ELLE ÉTAIT EN VIE, CE QUI VEUT DIRE QUE LE MONSTRE NE TUE PAS SES VIC...
!!
TAC !
C'EST LUI ?
SA CARRURE EST DIFFÉRENTE...

SES VÊTEMENTS Y RESSEMBLENT EN TOUT CAS !
IL A PEUT-ÊTRE UN PETIT FRÈRE.
DEMANDONS-LUI GENTIMENT.
TCHAK !
TCHAK !
C'EST ÇA « GENTIMENT » POUR TOI ?!
T'ES TROP FRAGILE...
REGARDE ! IL A BIEN LE PENDENTIF !

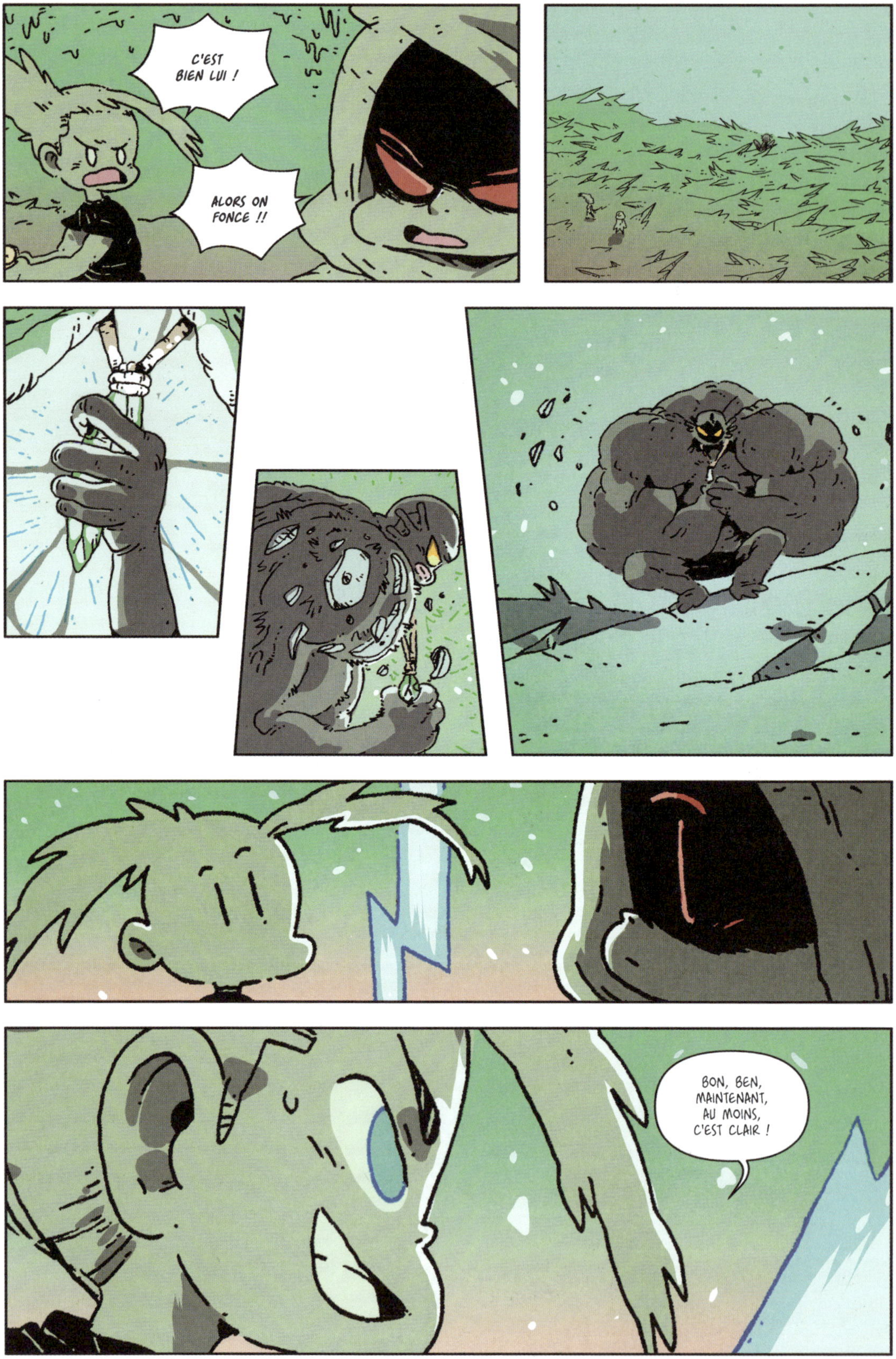
C'EST BIEN LUI !
ALORS ON FONCE !!
BON, BEN, MAINTENANT, AU MOINS, C'EST CLAIR !

FINISSONS-EN !
ROOOOAAAAAAR
IL Y A PEU, J'AURAIS ÉTÉ PÉTRIFIÉ.
AUJOURD'HUI, JE N'AI PLUS PEUR !

UNE HISTOIRE DE TOUT POUR LE TOUT

BAM !
BOM !
ROAAAARR !!

STAB !
AARGH !
ZIP !
ROAAAR !!
MERCI POUR LE COUP DE MAIN !

ELLE EST BIEN UTILE, CETTE PIERRE !
ON Y RETOURNE !
OK.
MAIS C'EST QUOI, LE PLAN ?
HUU...

JE SAIS CE QUE JE DOIS FAIRE !
BOM !!!
ZIIIP !
JE L'AI !!

BROM !
BROOOOM !
IL FAUT LUI REPRENDRE LA PIERRE !
ARGH... T'INQUIÈTE, JE L'AI TOUJOURS !
SUPER !
BON, MAINTENANT, IL FAUT LA DÉTRUIRE !
OK, MAIS COMMENT ?
RHOLALALA !
KÉKONFAIT ?!
FROOOOOSH !

AH... AH...
J'EN PEUX PLUS, MOI...
HEIN ?
C'EST LA VOIX DE LAÏTOFF ?
ORAGE ! ON EST LÀ !
PAR ICI, MON VIEUX !
LIBÈRE-NOUS !
HEY, VIEUX !
ORAGE D'AMOUUUR !
SUPER NAZE, TA COUPE DE CHEVEUX !

HMMM... ATTENDEZ UNE PETITE SECONDE...
GLPS.
TIENS ! REPRENDS-LA !
MAIS QU'EST-CE QU'IL FOUT CET ABRUTI ?!!
J'AI L'IMPRESSION QU'IL NOUS FAIT UNE RECHUTE !
ALLEZ, MON VIEUX !
JE N'EN VEUX PAS, MOI !

ROAAAAAH !!
ROAAAAAAAAAAAAAH !!

ROAAAAAAAAAAAAAH !!
?
IL SE PASSE TOUJOURS DE CES TRUCS DANS CES TOILETTES...

J'AI L'IMPRESSION QUE LA TOURTE À LA LICORNE A RENDU MALADE TOUT LE MONDE.
ARGH ! JUSTEMENT, J'AI MAL AU VENTRE !
SALETÉ DE CANTINE MAGIQUE !

UNE HISTOIRE DE VIE ET DE MORT

MON ÂME NE SUPPORTERA PAS UN AUTRE COUP !
ARF... JE CROIS BIEN QUE C'EST FINI POUR MOI...
MES AMIS...
MAMAN...
PAPA...
ADIEU !
BRAAM !

ORAGE...
HMM ?
TU ES FORT, ORAGE !
LAÏTOFF !
LES AMIS !!
QU'EST-CE QUE TU FOUS LÀ, CHIBY ?
TSSS...
ON EST LÀ POUR TOI, ORAGE !
TU NOUS AS LIBÉRÉS DE NOTRE PRISON !
MAINTENANT, C'EST À NOTRE TOUR ! LAISSE-NOUS T'AIDER !

ALLEZ ! TOUS ENSEMBLE !!
ORAGE ! TUE-LE !!
LE... LE TUER ?
FAIS-LE ! ON NE VA PAS TENIR TRÈS LONGTEMPS !
JE... NE PEUX PAS...
JE NE VEUX PAS !
J'AI ÉTÉ LIÉ À UNE PIERRE DE L'OUBLI COMME LUI.
JE SAIS CE QUE ÇA FAIT !
IL DOIT Y AVOIR UN MOYEN DE L'AIDER !
ET SI ON DÉTRUISAIT LA MONTAGNE VERTE ?
...
ORAGE...

LAISSE TOMBER, GAMIN ! ON VA S'EN OCCUPER !
STARCK ?
BONJOUR, MON CHÉRI !
TU AS BIEN CHANGÉ DEPUIS LA DERNIÈRE FOIS !
MAMAN ?!
C'EST ELLE, MA BELLE-MAMAN ?
ON EST SAUVÉS, STARCK EST LÀ !
IL A PRÉVENU LES ADULTES ?

STARCK...
JE NE SAIS PAS SI C'EST UNE BONNE NOUVELLE...
ORAGE, ON A BIEN TROUVÉ TA LETTRE SUR LE LIT.
SI TU ÉCHOUAIS, LES ADULTES AURAIENT TROUVÉ LE CHEMIN JUSQU'ICI, C'EST COURAGEUX !
ET GRÂCE À TOI, ON A MIS LA MAIN SUR LE MONSTRE, SUR LES ÉLÈVES ENLEVÉS...
... ET SUR CETTE FAMEUSE « MONTAGNE VERTE » !
ET VOUS ALLEZ FAIRE QUOI, ALORS ?
ON VA RÉGLER ÇA !

D'AILLEURS, RENDS-MOI MON ARME, MORVEUX !
DÉSOLÉ...
GLADIO !
PAF !
POUSSEZ-VOUS TOUS !!
SLASH !

ADIEU, MONSTRE !
CHLAAAP !

PUIS-JE VOUS POSER UNE QUESTION ?
JE SUIS TOUT OUÏE.
QU'ALLEZ-VOUS FAIRE DE LA MONTAGNE ?
ON VA L'ÉTUDIER, ÉVIDEMMENT !
C'EST BIEN CE QUE JE ME DISAIS !
ALLONS-Y, ORAGE, RENTRONS...
OUI...

JE SUIS PRESSÉE DE PRENDRE UNE BONNE DOUCHE BIEN CHAUDE !
MOI, J'AI TRÈS FAIM !
T'AS TOUJOURS FAIM, CASSIS !
MEUH, C'EST PAS VRAI !
OÙ EST LAÏTOFF ?
KABOOM !
C'EST QUOI, ÇA, ENCORE ?!
LA GROTTE A EXPLOSÉ.
C'EST UNE BLAGUE ?!

JULIE, RESTE AVEC EUX ! JE VAIS CHERCHER LE DIRECTEUR ET LA POLICE !
BIEN !
HEY ! LAÏTOFF !
SALUT, VIEUX.
C'EST TOI QUI AS FAIT SAUTER LA GROTTE ?
HMM... PEUT-ÊTRE BIEN...
EN COMPRENANT QUE STARCK ALLAIT EN PARLER AUTOUR D'ELLE...
... JE ME SUIS DIT QU'IL ÉTAIT PRÉFÉRABLE QUE LA BASE ET LA MONTAGNE DISPARAISSENT.
ALORS J'AI CHERCHÉ PUIS J'AI TROUVÉ DES TONNES ET DES TONNES DE BOMBES MAGIQUES.
ET POF !
IL EST INUTILE DE CHERCHER QUELQUE CHOSE SOUS CE TAS DE GRAVATS PROTÉGÉS PAR UNE PUISSANTE MAGIE...

T'ES TOTALEMENT FOU, LAÏTOFF !
HIN HIN...
VOUS COMPTEZ TOUT DIRE À STARCK ?
BIEN SÛR QUE NON...
JE SUIS VENUE POUR ORAGE !
PARFAIT ! ALORS OUBLIONS TOUT CE QUE NOUS AVONS ENTENDU, ET DIRECTION LES DOUCHES ET LA CANTINE !
ATTENDS !
FAIRE SAUTER LA GROTTE VA JUSTE RETARDER LES RECHERCHES...
... ILS FINIRONT PAR RETROUVER LA MONTAGNE VERTE.
MADAME, SI UN JOUR DES MONSTRES DEVAIENT REMETTRE LA MAIN SUR CETTE MONTAGNE, ALORS VOUS SAVEZ CE QU'IL SE PASSERAIT...
LA GUERRE...
EH BIEN POUR L'INSTANT, ON EST EN PAIX !!

J'ADORE TA NOUVELLE COUPE !
MOI, C'EST TOI QUE J'ADORE !
HMM... AU FAIT, C'EST PAS LES EXAMENS DE FIN D'ANNÉE LA SEMAINE PROCHAINE ?
UH ?
OH, MAIS OUI, IL A RAISON !
QUOI ?!
POF !!
ARGH ! ÇA NE S'ARRÊTE JAMAIS !!
FAUT QUE JE PASSE À LA BIBLIOTHÈQUE !!
QUELQU'UN PEUT ME PASSER SES NOTES D'ETHNOLINGUISTIQUE ?
DÉPÊCHONS-NOUS !
C'EST LA DERNIÈRE LIGNE DROITE !
IL FAUT QUE JE PRÉPARE DES ANTISÈCHES !

UNE HISTOIRE DE FIN D'ANNÉE

UNE ANTISÈCHE ?
HEY TOI ! C'EST QUOI QUE T'AS DANS LA MAIN ?!
AARH !
PAF !
TU TRICHES, N'EST-CE PAS ?
BEUH... NON, MONSIEUR...
DONNE-MOI CE BOUT DE PAPIER !
NAN !
ALORS TU ES VIRÉ !
AAAH ! MAIS JE NE TRICHE PAS !
PROUVE-LE !
AH... C'EST TELLEMENT GÊNANT !
TENEZ, M'SIEUR...
« BON COURAGE POUR TON EXAMEN ! TA LILA QUI T'AIME. »
LILA ! CALME-TOI !
INSPIRE...
EXPIRE...
INSPIRE...

HA HA HA HA HA !!
TROP LA HONTE !!
HI HI HI HI !!
ORAGE EST TELLEMENT FRAGILE !
OUH LES ZAMOUREUX !!
AARH... JE SUIS GRILLÉ...
J'ÉTAIS PLUS À L'AISE DANS LA GROTTE AVEC LE MONSTRE...
LILA ! DÉTENDS-TOI, S'IL TE PLAÎT !
WOAH !
POURQUOI A-T-IL FALLU QU'IL LA LISE À HAUTE VOIX !? BOUHOUHOUHOU...
FROUUUUUSH !!
COUREZ POUR VOS VIES !
HIIII !!
AAAH !!
ELLE EST FOLLE !!

PFFF... TROP LA HONTE !
ENFIN !... JE PENSE QUE JE M'EN SUIS BIEN SORTI !
ET TOI, LAÏT ?
PAREIL ! J'AI RÉUSSI À FAIRE LA MOITIÉ DES EXERCICES.
JUSTE LA MOITIÉ ?
ÇA RISQUE D'ÊTRE JUSTE, NON ?
NOPE, JE SUIS SÛR D'AVOIR TOUT BON, CONTRAIREMENT À TOI...
SYMPA, MERCI !
C'EST VRAI QUE POUR TOI, C'EST PAS NOUVEAU DE PASSER LES EXAMS.
YEP...
J'ESPÈRE QUE JE NE VAIS PAS REDOUBLER !
Y A PAS DE RISQUES, JE SUIS PERSUADÉ QUE L'ON SERA EN DEUXIÈME ANNÉE ENSEMBLE.
LA DEUXIÈME ANNÉE...

D'AILLEURS...
MERCI, ORAGE...
MERCI POUR QUOI ?
EH BIEN... TU M'AS DONNÉ ENVIE DE PASSER LE CAP DE LA SECONDE ANNÉE...
AVANT QUE TU ARRIVES, MA VIE N'AVAIT PAS VRAIMENT DE BUT...
JE ME SENS BIEN, ET...
... C'EST GRÂCE À TOI !
YES !
VOILÀ QUE TU ME FAIS DES COMPLIMENTS...
Y A PLUS RIEN QUI VA...
AHEM... EXCUSEZ-MOI DE VOUS DÉRANGER ALORS QUE VOUS VOUS LANCEZ DES FLEURS...
JE PEUX TE PARLER, ORAGE ?
MAMAN ?
VIENS, MARCHONS.
ALORS, CES EXAMENS ?
HMM... MOUI, ÇA VA...
SI TU RATES, JE TE COLLE UNE GIFLE MAGIQUE !
HMM... J'AI PLUTÔT BIEN RÉUSSI...

BREF... JE VOULAIS TE PARLER D'AUTRE CHOSE... DU MONSTRE AUX YEUX JAUNES...
AH...
LUI...
JE SUIS DÉSOLÉE QUE TU AIES EU À VIVRE ÇA...
ME VOIR DONNER LA MORT A DÛ ÊTRE VRAIMENT VIOLENT...
N'Y AVAIT-IL PAS UNE AUTRE SOLUTION ?
HEIN ?! ON AURAIT PU LE SAUVER, LUI AUSSI !
TU SAIS CE QU'IL EN EST, MON CHÉRI...
ÇA VA ALLER...

HOURRA !!
HOURRA !!
OUAAAIS !!
MYRTILLE, DÉPOSE-MOI !
YES, JE L'AI !
BRAVO !
JE CROIS BIEN QU'ON L'A TOUS EU, NON ?
MOI, AVEC MENTION !
DE JUSTESSE !
LA PROCHAINE FOIS, J'AURAI UNE MEILLEURE NOTE QUE TOI, BÂTARD !
MEILLEURE QUE 100/100 ? HA HA !
EH OUAIS ! C'EST BIEN MOI LE MEILLEUR DE LA PROMO ! T'EN DIS QUOI ?
HOURRAH !!
WOOOH !!
C'EST UN TROISIÈME ANNÉE ! IL A EU LES FÉLICITATIONS DE L'UNIVERSITÉ, ALORS QU'IL N'Y EST PAS ENCORE...
AH BON ? HIN...

RÉUNION ?
VIENS, ET TU VERRAS.
TU VEUX VENIR CHEZ MOI CET ÉTÉ, LILA ?
HMMM... IL FAUT QUE JE DEMANDE À MES PARENTS.
HEY, ORAGE ! TU AS DES POUVOIRS, DONC ?
HMMM.. BAH NON, ANIS... TOUJOURS PAS !
TU RÉALISES QUE TU ES L'UN DES SEULS DANS LE MONDE MAGIQUE À NE PAS EN AVOIR !
LAÏTOFF ME L'A DÉJÀ DIT...
ÇA FAIT LONGTEMPS !
POUR CERTAINS, C'EST LA PREMIÈRE FOIS QUE L'ON VIENT ICI...
ALORS, CHEF ! POURQUOI ON EST VENUS ?
...
SI JE VOUS AI RÉUNIS CE SOIR...

... C'EST POUR VOUS REMERCIER...
NOUS AVONS PASSÉ DES ÉPREUVES ENSEMBLE.
MAIS... ON A SURVÉCU AU MONSTRE AUX YEUX JAUNES...
... ET ON A RÉUSSI À LIBÉRER NOS AMIES !
C'EST VRAI !
MERCI MILLE FOIS !
MAIS CELUI QUI N'A RIEN LÂCHÉ...
... C'EST ORAGE !
C'EST VRAIMENT GRÂCE À LUI QUE L'ON PEUT SE RÉUNIR CE SOIR...
ON EST DES AMIS, NAN ? C'EST NORMAL !
J'AI APPRIS ÉNORMÉMENT AVEC VOUS !
ET... JE SENS QUE L'ON VA ENCORE VIVRE DE GRANDES AVENTURES !
D'AILLEURS, J'AI RÉFLÉCHI À QUELQUE CHOSE CES DERNIERS JOURS...
ON S'EN FOUT ! ON VEUT RENTRER !
CHUT, MYRTILLE !
OUAIS, FERME-LA, COMME DIT LILA !
JE VAIS T'ARRACHER TA CAPUCHE, TOI !
ON SE CALME, LES ENFANTS !

J'AIMERAIS QUE L'ON SE FASSE UNE PROMESSE… QUOI QU'IL ARRIVE DANS LE FUTUR, NOUS SERONS LÀ LES UNS POUR LES AUTRES !
TU VEUX FAIRE UN PACTE ?
MOI, J'VOUS AIME PAS !
MOI, ÇA ME VA !
PAREIL ! C'EST LA CLASSE !
ALLEZ, TOUS ENSEMBLE !
AMIS POUR LA VIE ! HIN HIN !
PFFF…
TA MAIN EST GLACÉE, LAÏT !
SI L'UN DE NOUS A UN SOUCI, ON RAPPLIQUE TOUS !
OUI, CHEF !
MOI, JE VIENDRAI PAS !
DE TOUTE MANIÈRE, T'ES LE PLUS NUL, TOI…
QUOI ?!
CHIBY, MYRTILLE, CALMEZ-VOUS !
ILS VONT FINIR ENSEMBLE, CES DEUX-LÀ !

LE PACTE EST SCELLÉ !
OUI !
JE SUIS PRESSÉ D'ÊTRE EN DEUXIÈME ANNÉE AVEC VOUS !
À L'ANNÉE PROCHAINE !
PRENEZ SOIN DE VOUS !

ET AU FAIT... C'EST VRAI CETTE HISTOIRE DE VOYAGE SCOLAIRE ?
ÉVIDEMMENT !
TROP COOL !
ÇA VA ÊTRE OÙ ?
CURCUMA A PARLÉ DU JAPON, NON ?
AH ! ON VA CHEZ CHIBY ?
JAMAIS ! GRMBL...

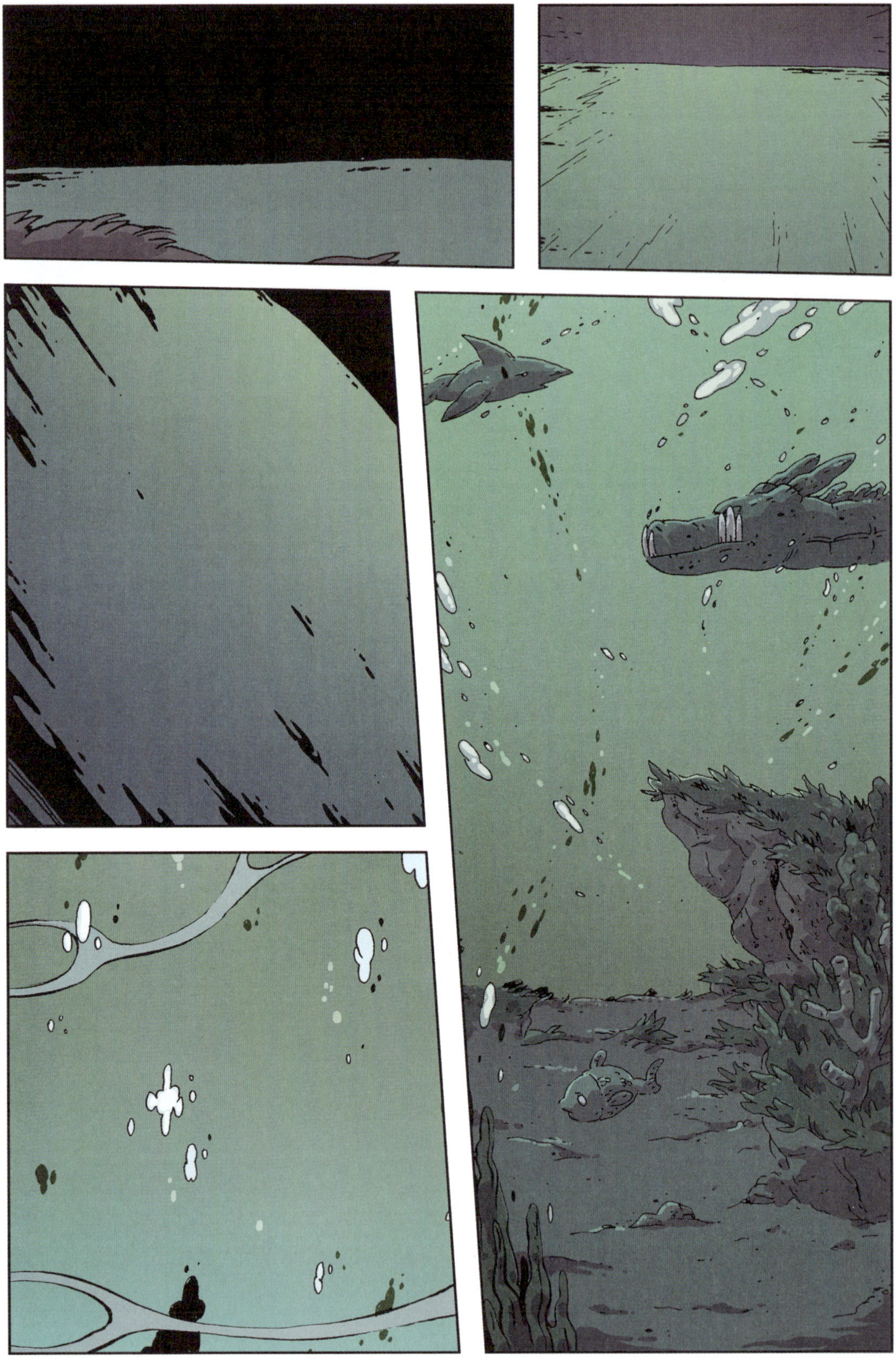

FIN

CAHIER BONUS

BOUHLAND

Bienvenue dans le cahier Bonus !
Ici tu vas pouvoir découvrir la genèse de *Bouhland*.

Pour être honnête, j'ai été contacté sur Instagram en 2018 (si je me rappelle bien) et on m'a proposé de réaliser une histoire sur le thème que je voulais, dans l'univers que je voulais, et sans restriction.

Tout de suite, j'ai pensé à faire une histoire magique et marrante, un mix entre *Dragon Ball* et *Harry Potter*.

Au bout de quelques chapitres, j'ai installé l'univers, les personnages, et j'ai introduit le grand « Méchant », le monstre aux yeux jaunes.

Et c'est pour ça que l'on sent une cassure à partir de l'enlèvement de Lila.

Je voulais que l'on ressente que, la vie, c'est des bonnes surprises, mais aussi des mauvaises.

C'est pour ça que nos héros vont devoir relever les défis et les affronter !

Je me suis beaucoup inspiré de moi pour le personnage d'Orage : ce côté joyeux, sérieux à certains moments, lâche parfois, courageux aussi, avec des failles et des forces.

Je pense que je suis un mix de Laïtoff, Lila et Orage : dans ces trois personnages il y a à peu près toutes mes facettes.

Je pense que l'on se dessine à chaque histoire, on met de nous dans les personnages et c'est ce qui les rend vivants.

J'espère que vous vous ressentirez en eux, que vous les comprendrez.

Pour les designs, je me suis vraiment fait plaisir, je voulais des personnages bien différents, comme lorsqu'on découvre l'école : on y rencontre pleins d'enfants avec des vies et des histoires variées, des professeurs aux tempéraments différents.

Pour Bouhland, je me suis inspiré de l'internat dans lequel mes parents m'ont envoyé quand j'étais en échec scolaire. La cantine y était vraiment horrible. Toutefois, il n'y avait pas de monstre aux yeux jaunes sous le lit...

C'est d'ailleurs au cours de l'année scolaire que l'on se fait des amis, que l'on partage leurs peines et leurs joies. J'ai tenté de le retranscrire.

Comment les relations entre enfants commencent, par une blague, un regard, une bagarre, une incompréhension, etc. Orage a cette faculté de réunir des gens autour de lui, même contre sa volonté... Heureusement que Laïtoff organise le groupe. ;)

Il était important pour moi qu'Orage découvre Bouhland et s'aperçoive que les élèves se connaissent déjà pour la plupart.

Il doit faire sa part et faire les premiers pas pour être accepté.

Lila vient d'une famille mi-monstre/mi-magicienne. Elle est réfléchie et impulsive, elle remarque Orage dès son arrivée.

Et parfois un regard suffit pour savoir que c'est la bonne personne.

Anis, elle, vient d'une famille de momies. Elle a grandi dans les pyramides d'Égypte (à l'insu des humains). C'est une goule, et elle adore se retrouver dans des endroits exigus. Elle a un sens de l'orientation proche de la perfection.

La rencontre entre Orage et Laïtoff, c'est un peu comme faire la connaissance d'un frère sans liens de parenté. Ils se comprennent et s'entraident quoi qu'il arrive, même si comme entre frères parfois il peut y avoir des étincelles !

Chiby, c'est LE RIVAL du héros : toujours en train de lui chercher des noises, ce type de mec que l'on déteste peut souvent devenir notre ami !

Et comme je l'ai dit précédemment, c'est dans les moments les plus compliqués que l'on voit qui on est et qui sont nos véritables amis.

Pour sa défense, Chiby n'a vraiment pas eu une vie facile. Côté famille, il porte un lourd fardeau...

Même si nous sommes dans un univers mignon, il ne faut pas oublier que la violence, la tristesse, font aussi partie de ce monde.

Et c'est à travers les épreuves que l'on grandit. C'est pour ça que, parfois, le temps d'un chapitre, d'une scène, d'un dialogue, on comprend que nos héros ne sont pas dans un monde magique idyllique.

Je voulais à tout prix qu'Orage découvre la froideur, la peur du monde, et qu'il la surmonte, et il a réussi !

J'aurais vraiment aimé faire une histoire sur Julie. C'est un personnage que j'aime beaucoup, une mère protectrice qui ne se laisse pas marcher sur les pieds.

Mieux vaut ne pas la chercher...

Elle a tenu à ce qu'Orage grandisse dans le monde des humains, mais il faut croire que celui-ci n'était pas fait pour lui et qu'il était destiné à retourner à ses racines magiques.

En tenant Orage à l'écart du monde magique, Julie a sans doute tenté de le protéger. Mais la vraie protection, c'est peut-être de permettre à l'enfant de comprendre le monde dans lequel il grandit, et qu'il en voie de ses yeux les bons et les mauvais côtés.

Quand on a une vraie bande d'amis, on se sent pousser des ailes, et on serait capable de tout pour eux.
Pour ma part, j'ai gardé des amis que je connais depuis la maternelle... Oui, je sais, c'est incroyable !
Et c'est pour ça que certains de mes amis sont pratiquement devenus des membres de la famille, comme Orage avec ses amis.

Je pense que la thématique principale de *Bouhland*, c'est vraiment d'ouvrir les yeux, de voir le monde tel qu'il est, de l'accepter et de l'affronter. C'est souvent à cette période que l'on mûrit.

Merci d'avoir lu jusqu'ici ! J'espère que *Bouhland* t'a plu et que tu as bien rigolé !

Je voudrais remercier :
Ma famille qui est toujours présente et m'accompagne dans mes projets, le papa, la maman mais plus largement MA FAMILLE !
Mes amis qui me soutiennent quoi qu'il arrive.
J'aimerais tous vous citer, mais si j'en oublie un(e) seul(e), je risque d'avoir des soucis !
Merci à Hugo, l'homme de l'ombre, qui a monté ce tome, et qui fait un travail remarquable !
Éloi, mon éditeur chez Dupuis, qui réalise un travail de fond et de qualité !
Toute l'équipe de Dupuis qui s'occupe de l'organisation des festivals et des dédicaces !
Merci à Élodie et mon fils, de me donner autant de force, j'en ai besoin !
On traverse les tempêtes ensemble !
J'ajouterai une dernière chose,
LA VIE EST BELLE !

PLAN DE BOUHLAND

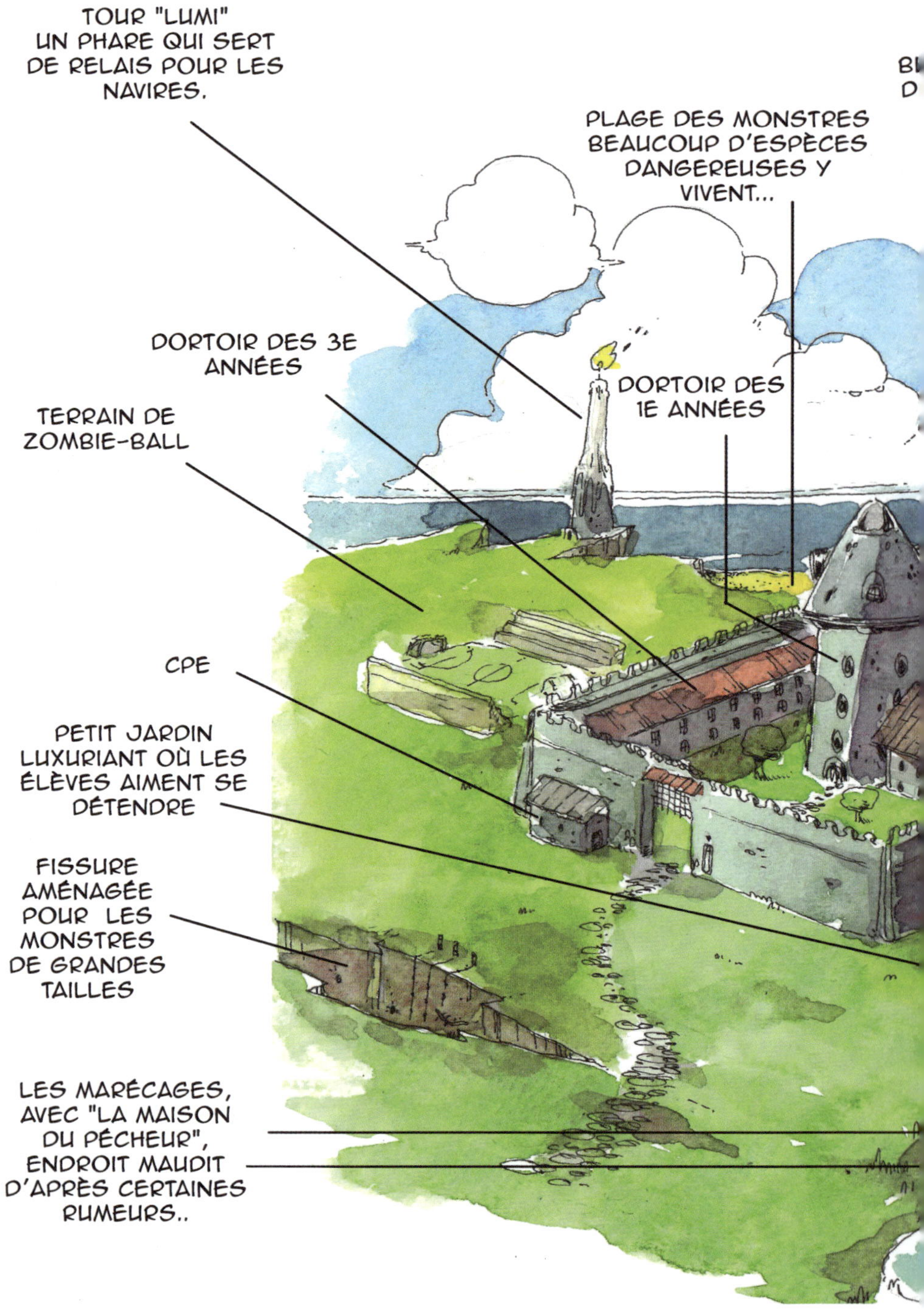

"GYMNASE DU CRÂNE"
MR. VOLCANICA, UN PROFESSEUR DE BOUH LAND
LES ESPACES DE JEUX DES 2E ET 3E ANNÉES
BÂTEAU PIRATE QUI VOGUE AU LARGE..
PISCINE EN LÉVITATION
REFEC-TOIRE ET SALLE DE CLASSES DES 1E ANNÉES
FORÊT DES DINOS
FERME DE BOUH LAND
PARKING DES MONSTRO-BUS
MONSTRE DU LAC..
LAC

Imprimé par SEPEC – AGM, Rue des Potiers,
76440 Forges-les-Eaux, France.

Achevé d'imprimer en avril 2024. SA2666724007.

WWW.DUPUIS.COM